名作をいじる

「らくがき式」で読む最初の１ページ

まえがき〜この本の使い方

本が読めない、という人が増えています。忙しい、集中力がもたない、そもそも本を読んでもおもしろくない……。理由はさまざまです。これは由々しきことだと思っている人もいる。

しかし、これはそれほど困ったことでしょうか。私は、本は読むためだけのものではないと思っています。本は――あるいはより広く文章とは――もっと解放された場所ではないでしょうか。そのまわりには不思議な磁場が形成されています。いろんなことが起きています。読むという行為にそれほどこだわる必要はない。もっといろいろなことをためしてみてもいい。

本書でお勧めしたいのは、いじることです。読めないなら、まずいじってみたらいい。そして、そこで何が起きるか見てみたらいい。

いじると言うと、「触る」「動かす」「からむ」といった言葉が思い浮かびます。物理的にページを開く。書かれている内容を目にとめ、影響を受けたりする。さらに考えたり、質問したり、批判したりする。

……いやあ、何か面倒だなあ、とお思いでしょうか。それはそうですね。みなさん忙しいのだから。本を読むだけでもたいへん。とても「その先」まで付き合ってられない。

でも、それは逆なのです。面倒だからこそ、いじる。本を読む暇などない人は、まずはいじってみるといい。触ってみるといい。しかも「最初の1ページ」だけでいいのです。

私がここで言う「いじる」とは、内容を読んで味わうとか、考えるとか、批評するといったややこしいことではありません。もっと簡単なことです。読む以前の行為です。とりあえず面倒で時間のかかることは忘れましょう。できることからやる。「いじる」は、その第一歩です。本書ではその例を示します。材料に使うのは、「名作」と言われる日本語の小説。夏目漱石や太宰治や志賀直哉などの、教科書に載っているようなどこかで見たことのある作品ばかりです。

手順は簡単です。まずは作品を手元に置く。図書館から借りてきた全集でもいいし、文庫本でもいいし、PC画面の青空文庫でもかまいません。ただ、できれば書き込みができる方がいい。自分で買った文庫本ならいくらでも書き込み自由でしょう。借りた本の場合はコピーを取る。青空文庫ならプリントアウトする。本書にはサンプルがついていますので、こちらも是非ご利用ください。

そしてあらためて名作と向き合ってみる。眺めてみる。じっと見つめる。

どうでしょう。賭けてもいいのですが、「名作」なるものは、有名であればあるほど、実に珍妙な出で立ちをしているはずです。思わず「なんじゃこりゃ？」と言いたくなるほど、変。異様。ぜっっっったい！　と言っていいほど、みなさんは違和感を抱くはずです。いったい、どうしてこんなふうになっているんだろう？　どうしちゃったの？　と思う。名作というものは変わった語り口の、きわめて独特な日本語で書かれているのです。この本でわざわざ小説に注目するのはそのためです。

もちろん、「なんじゃこりゃ？」と思った時点で先に進む気がなくなる人もいるでしょう。「面倒くせえ」と思ってしまう。しかし、これでもう目的は半ば達成したようなもの。「名作」がいかにへんてこりんなものか、ともかくその不思議さ、異様さと出会うことが大事なのです。

で、もうちょっとだけ付き合って欲しい。こんどはその珍妙な部分に鉛筆で記しをつけてみる。○でも△でも×でもいい。線を引いたり、矢印をつけたり。で、どこがおかしいか、忘れないように書き込みをする。ついでに、一言でいいからコメントもする。「しつこい！」。「意味わかんない！」。「暗い!!」。そういったもので十分です。どんどん「らくがき」をする。この方法を、私は「らくがき式」と呼んでいます。

先にも言ったように、まずは「最初の1ページ」だけやってみましょう。いったいどれだけ印がつけられたか、それをたとえば他の人のそれと比べてみたらどうでしょう。おそらく印をつけたところはずれている。たまには重なる。それらを見比べるだけで「へえ」と思う。そうすると、おのずと次のステップに進みたくなります。

本書には十六篇ほどの「名作」の冒頭部分が載せてあります。もしお時間があったら、私が名作をどんなふうにいじっているか、ためしにご覧ください。説明も後に記してあります。ついでにあらすじの解説もあります。これは、最初の「いじり」に対して、自分なりに答えを出してみた結果です。

「最初の1ページ」だけというのは、けっこう重要なポイントです。小説の冒頭部には実にさまざまなものが埋め込まれているからです。作品全体のＤＮＡ構造のようなものが刻まれている。そこを読むだけで「そうか。この小説はそんなふうに書かれているのかあ〜」と先回りして言えそうなほどです。

小説というのは一作一作まったく異なるルールで書かれています。感情の働き方、言葉の使い方、雰囲気、トーン、話題……こうしたものが複雑に組み合わさって、作品ごとに固有の世界が作られている。だから、どんな作品も私たちにとっては異物であり異世界なのです。冒頭部ではそんな作品のルールが一気に示される。私たちは、作品の異様さや不思議さと「最初の1ページ」で一気に出会うわけです。これは小説を読む醍醐味の最たる部分です。

本書ではそんなふうに読み手と語り手とが出会う名作の「最初の1ページ」にフォーカスをあて、そこで何が生じているかを、「いじり」を通して示しました。これはみなさん自身に本をいじってもらうための一種の手引きです。でも、このようにせよ、という命令ではありません。あくまで例です。提案です。本とは――文章とは――読むためだけのものではない、もっといろいろな付き合い方があるのだよ、もっと遊んでも大丈夫だよ、というメッセージが伝われればと思っています。たぶん損はしないはずです。

学校の先生へ

「らくがき式」は、グループディスカッションにも使えると思います。その場合は付録ページを拡大印刷したうえで、四～五人のグループの真ん中に置き、マジックペンでがしがし書きこんでもらうというやり方がお勧めです。

本書の引用は、志賀直哉「小僧の神様」「城の崎にて」、川端康成『雪国』は新潮文庫から、それ以外はすべてwebサイト「青空文庫」からそれぞれ行いました。

目次

阿部公彦（あべ・まさひこ）
1966年横浜市生まれ。現在、東京大学文学部准教授。英米文学研究。文芸評論。著書は『英詩のわかり方』（研究社）、『文学を〈凝視する〉』（岩波書店、サントリー学芸賞受賞）、『幼さという戦略』（朝日選書）など。マラマッド『魔法の樽　他十二編』（岩波文庫）などの翻訳もある。

① 夏目漱石『三四郎』

～目覚めたら話がはじまっていた

あれあれ？　ではじまる小説

『三四郎』は漱石初期の作品です。発表されたのは一九〇八年、デビュー作『吾輩は猫である』の三年後です。そのせいもあってか、まだ小説としては初々しさやスキも目立つのですが、それがかえって売りにもなります。というのも、そもそもこの作品では主人公小川三四郎自身の世間ずれしていない無垢さが大事で、それに書き手の初々しさや、私たちの読者としての無防備さまでが誘発されているからです。まるで、みなが共謀して初々しさの協演を果たしているかのようです。

すごい断定調。
あなたは誰？

ここはどこ？あなたは誰？

うとうととして目がさめると女はいつのまにか、隣のじいさんと話を始めている。このじいさんはたしかに前の前の駅から乗ったいなか者である。発車まぎわに頓狂《とんきょう》な声を出して駆け込んで来て、いきなり肌《はだ》をぬいだと思ったら背中にお灸《きゅう》のあとがいっぱいあったので、三四郎《さんしろう》の記憶に残っている。じいさんが汗をふいて、肌を入れて、女の隣に腰をかけたまでよく注意して見ていたくらいである。

女とは京都からの相乗りである。乗った時から三四郎の目についた。第一色が黒い。三四郎は九州から山陽線に移って、だんだん京大阪へ近づいて来るうちに、女の色が次第に白くなるのでいつのまにか故郷を遠のくような哀れを感じていた。それでこの女が車室にはいって来た時は、なんとなく異性の味方を得た心持ちがした。この女の色はじっさい九州色《きゅうしゅういろ》であった。

三輪田《みわた》のお光《みつ》さんと同じ色である。国を立つまぎわまでは、お光さんは、うるさい女であった。そばを離れるのが大いにありがたかった。けれども、こうしてみると、お光さんのようなのもけっして悪くはない。

ただ顔だちからいうと、この女のほうがよほど上等である。口に締まりがある。目がはっきりしている。額がお光さんのようにだだっ広くない。なんとなくいい心持ちにできあがっている。それで三四郎は五分に一度ぐらいは目を上げて女の方を見ていた。時々は女と自分の目がゆきあたることもあった。じいさんが女の隣へ腰をかけた時などは、もっとも注

「女」が多い〜

〃置いて行かれた〃主人公

作品の冒頭はこんなふうにはじまります。

うとうととして目がさめると女はいつのまにか、隣のじいさんと話を始めている。このじいさんはたしかに前の前の駅から乗ったいなか者である。発車まぎわに頓狂《とんきょう》な声を出して駆け込んで来て、いきなり肌《はだ》をぬいだと思ったら背中にお灸《きゅう》のあとがいっぱいあったので、三四郎《さんしろう》の記憶に残っている。じいさんが汗をふいて、肌を入れて、女の隣に腰をかけたまでよく注意して見ていたくらいである。

場面や登場人物について何の説明もありません。いきなり出来事がはじまります。こういうふうに説明もなしにいきなり状況のただ中に読者を放り込むのは、ヨーロッパの古代から知られた語りの方法で、「イン・ミーディアス・リーズ」（ラテン語。「事件の途中から」「前置きなしで」の意。）と呼ばれます。描かれているのがどこなのか、誰なのかも知らせないまま、事態の描写をはじめてしまうやり方です。

ここではそれほど物語が進行しているわけではないので、この用語はやや大げさかもしれませんが、少なくとも、ちょっと仕掛けのある冒頭なのは確かです。なぜ漱石がこういう出だしを選択したのか具体的に確認していきましょう。

まず三四郎に注目してみます。「うとうとして目がさめると……」とありますが、うたた寝をして目を覚ましたときの「あれ？」という感覚は誰もが知っているでしょう。「いつのまにか」とあるように、ふと気づくと、見知らぬ世界が目の前にひろがっている。「このじいさんはたしか……」とか「女」といった匿名性にも、おぼつかなさがにじみ出しています。寝起きの三四郎は明らかに世界から〝置いて行かれた〟という感覚をおぼえ、何が何だかわからないまま必至に追いつこうとしているのです。いかにも心許ない、初々しい主人公です。

このおぼつかなさは語り手も共有しています。三四郎の心理と地の文の語りはきっちりとは区別されておらず、すべてが「である」という断定で語られているのです。「である」という断定が三四郎のものなのか。語り手のものなのか。おそらくその中間なのでしょう。英語で言えば自由間接話法というやつで、三四郎の心の中に語り手が紛れこみ、三四郎と同じ視点から世界を見て私たちにレポートしている。

こうなると、語り手は半ば主人公と同化してしまいます。もちろん漱石はそれなりの方法意識を持っていたのかもしれませんが、語り手と三四郎との距離が近いため、彼の心境に寄り添い、ほとんど巻きこまれつつどぎまぎしているという印象を受けるようにも思います。つまり、三四郎という主人公を中心にして、何だか語り手やその背後にいる書き手までが、三四郎と同じくいかにも心許ない、用意の調わない、行き当たりばったりのやり方で小説を展開しているように思えてくる。

実際、この先読み進めていくと、すべてお見通しの語り手が緻密さと計算高さとともに語りを進めているという感じはあまりしません。さまざまな企みや仕掛けがこらされているものの、どこかぐしゃぐしゃして、不安定なのです。冒頭の心許なさはむしろ強まります。

この不安定さの一つの原因は、いろいろな声が消化されないまま三四郎の頭に響いていることかもしれません。人々の噂、与次郎のおっちょこちょいなコメント、広田先生の苦い述懐、遠い場所から響く母の嘆息、美禰子の謎めいたつぶやき……。三四郎の頭は互いに折り合うことのないこうした言葉の氾濫でひどく混乱してしまいます。三四郎だけではなく、語り手もこれらの言葉を整理しきれず、もてあましている。言葉は序列化されずに、作品中に散乱しているのです。このことについては、あとで「である」に焦点をあてながらもう一度触れたいと思っています。

その前にもう一つ確認しておきたいことがあります。『三四郎』では、主人公の三四郎と語り手とが半ば同一化するようにして話が進められるということを今、見ましたが、そこにさらに加わるものがあります。読者です。

私たち読者も、この冒頭部を読むと三四郎と同じように戸惑います。「あれあれ？何なの？　どうしたの？」と慌てる。語り手と同じように、彼の視線を通して私たちもまた世界の「いきなりさ」に打ち当たるとともに、そんな戸惑いと同種のものを『三四郎』という小説についての読書の感覚としても味わうのです。先ほど、「みなが共謀して初々しさの協演を果たしている」と言ったのはそういうことです。では、そこからはいったいどんな体験が生まれるでしょう。

「成長」という神話

『三四郎』は一見、典型的な教養小説（ビルドゥングス・ロマンス）のように見えます。青年期の主人公が、「大人」へと成長していくさまを描いている。イノセントでナイーブな三四郎は、自分よりも経験があったり世知に長けていたりする人物たちと出会い、その言動や行動にいちいち翻弄され、しかし、そうした遭遇をへて少しずつ世界との付き合い方を見いだしていく。そうすることで三四郎は「大人」への第一歩を踏み出していくのです。

こうした成長物語は、明治の日本では国をあげて共有されていたものでした。日本という国は明治維新の開国以来、一生懸命、西洋の文化を吸収しました。一刻も早く先進国に追いついて、世界の一等国となろうとした。国家的な成長神話が掲げられ、多くの人が自分もその目標に向かって貢献しているという幻想を抱きました。

日本の地理にもこうした成長物語が構図として書きこまれていました。地方の学校を出て東京の大学に入り、出世する。つまり地方から東京へ、という移動が成長の隠喩ともなっていたのです。三四郎が熊本から東京に汽車でやってくるというこのプロセスには、ある種の階層の若者が思い描いた典型的な人生行路が表現されていました。もちろん、すべての人が高等学校から大学に進学したり、地方から都会へ出たりする機会に恵まれていたわけではありません。しかし、少なくとも小説を読むようになった階層の人々にとっては、そうした成長の神話が身近に感じられた。

こうしてみると、『三四郎』の冒頭部には、いろいろな物語が折り重なるように表現されているのがおわかりでしょう。中心にいるのは熊本の高等学校を卒業して東京の帝大に進学しようとしている小川三四郎という一人の人物にすぎないのですが、三四郎とともにどぎまぎしながら一生懸命「大人」になろうとしていたのは、明治の国家そのものでもあった。

それだけではありません。漱石という書き手自身が、どうやって小説を書こうか模索する中で書いたのが『三四郎』でもあった。『我が輩は猫である』はたしかにおもしろい読み物だったかもしれませんが、近代小説と呼べるものではありませんでした。これに対し『三四郎』では漱石は明らかに西洋風の小説を書こうとしている。語り手が人物の中に入りこむような、シンパシーの技法を用いた心理描写が、まずはその一つのあらわれです。近代小説を書くことで、漱石は小説家として「大人」になろうとした。

漱石の試みは、日本語における小説というジャンルそのものの運命を背負っていたのかもしれません。西洋風の小説はまだまだ日本では根付いていませんでした。そんな中でどうやって日本語による小説を書くべきか、漱石は模索したわけですが、ちょうど個人の立身出世が国家としての富国強兵の神話と重ねられたのと同じように、漱石個人の試みが、日本語の運用の一つの画期を築こうとしていたとも言えます。

こうした成長神話には、読者の「成長」も重ねられます。私たちは『三四郎』を読むことによって、三四郎という人物の「成長」を追体験するとともに、あらためて自分の「成長」を生きる。これから「大人」になろうとする青年にしばしばこの作品が課題図書として薦められるのは、この作品が成長のためのマニュアルとみなされているからでしょう。他方、すでに成長を終えたはずの人々にとっては、自分の青年期とはいったい何だったか考え直すいい機会になる。そのことで私たちははじめて自分の「成長」を認識することになる。別の言い方をすると、私たちは『三四郎』という成長のモデルを読むことではじめて、成長という感覚を発見するのかもしれません。

それだけではありません。私たちは『三四郎』を読むことで、〝小説を読む〟という行為そのものを学ぶ。そこに「初々しさの協演」のほんとうの意味があります。では、小説を読むとはいったいどういうことなのでしょう。

小説を読むとはどういう作業か

「まえがき」でも説明したように、この本では小説作品の冒頭部に注目していきます。この観点からすると『三四郎』にはとくに興味深い特徴があります。それはこの作品が丸ごと「冒頭部」のようにして書かれているということです。そのことをこれから説明します。

一般に小説では冒頭部はきわめて重要で、作家もさまざまなものをそこに埋めこみます。『三四郎』でも、冒頭部ですでにこの小説の柱となる要素が書きこまれています。とりわけ大事なのは「女」への視線です。

女とは京都からの相乗りである。乗った時から三四郎の目についた。第一色が黒い。三四郎は九州から山陽線に移って、だんだん京大阪へ近づいて来るうちに、女の色が次第に白くなるのでいつのまにか故郷を遠のくような哀れを感じていた。それでこの女が車室にはいって来た時は、なんとなく異性の味方を得た心持ちがした。この女の色はじっさい九州色《きゅうしゅういろ》であった。

若い男にとっては当然女は関心の対象になるものだ、という視線がここにはあります。じいさんは女などにには注意を払わず平気でその前で半裸になるかもしれないが、若い三四郎は女が姿を現したときからずっとその存在に気を遣っている。

もちろんその関心の根にはセクシュアルなものがあります。肌の色に着目し、それを地方性と結びつけるあたりから、女が肉体を所有する者として三四郎の意識にのぼっているのがわかる。

女に加えての、もう一つの柱は東京です。地方と言い換えても同じです。地方対東京という構図がこの小説ではきわめて重要な意味を持っていて、物語の要所で大きな機能を果たします。

「女」と「東京」という二つの柱は、この作品を構成するいわば「観念」です。なるほど、この作品ではこうした観念が三四郎の頭を支配するのかと私たちは思う。三四郎は美禰子という女性に関心を持ち、距離を縮めようとするけれど、なかなかうまくいかない。結局は弄ばれたようになって苦い体験をする。三四郎には女の心というものがわかっていなかったのでしょう。いい奥さんをもらって地方から母親を呼び寄せたいなどと願ったりもしたけれど、地方から出て来たばかりの彼には、そもそも東京の人の考えが読めず、彼らの行動を理解することもできなかった。あたふたすることばかり。しかも東京どころか、彼のまわりにはさらに大きな世界がひろがっているらしい……。『三四郎』のあらすじはざっとこんなふうにもまとめられるかもしれません。

しかし、この冒頭部で大事なのは、そうした観念の内容だけではありません。より重要なのは、そもそも「女」にしても「東京」にしても、そうした対象に面と向かうと三四郎がたじろいだり、途方に暮れたりしてしまうことです。彼にとっては観念はつねに謎として脅威／驚異として立ちあらわれるようなのです。冒頭まもなくして、三四郎は電車に轢かれた女性の死体を目撃しますが、ここには彼のおののきの正体が集約的に表現されています。彼にとって女というものは、あらゆる畏怖体験の根源にあるもののようなのです。まるでこの電車に引きちぎられた轢死体のように。『三四郎』という小説では、この畏怖の感覚が小説の最後まで持続します。

『三四郎』にあるのは「冒頭」だけ

『三四郎』が丸ごと冒頭部のようにして書かれているというのはそういうことです。冒頭部とは何か。たしかに冒頭部には小説の全体が埋め込まれていることが多いのですが、これを単なる「仕掛け」や「伏線」ととらえるだけでは十分ではありません。作家はすべてを掌握したり計算したりしているわけではないから。

むしろ冒頭部は不安と謎に満ちた場所だと言うべきでしょう。それは書き手と読み手が最初に出会う場であり、お互いに「はじめまして」というスタンスで相手の出方を見据えた上で、少しずつ語り方や読み取り方を調整していく、そのスタートラインです。語り手と読み手とが遭遇しつつ、これからのお付き合いの方法について一種の契約を交わす、それが冒頭なのです。

しかし、おもしろいことに『三四郎』ではこの「はじめまして」が最後まで続きます。たしかに展開には一定の落としどころがあります。三四郎が狙っていた美禰子が別の人と結婚してしまう、与次郎のキャンペーンにもかかわらず広田先生が帝大教授になりそこねる、といったことです。しかし、『三四郎』には決定的に、時間的な展開感が欠けています。おそらく漱石の小説家としての「初々しさ」ゆえなのでしょう。いかにも小説的な時間の厚みを描きだすには至っていない。しかし、まさにそのおかげで、出だしならではの緊張感が保たれます。

次にあげるのは冒頭から三分の一ほどのところにある箇所です。三四郎は一種のアイデンティティの危機に陥っている。三つの世界の狭間で引き裂かれているのです。三四郎には三つの顔があるようです。第一は母の前で見せる顔。つまり熊本にいた頃の顔です。第二は、大学で学問しようとしている顔。授業中の顔、図書館で勉強しているときの顔、同級生に見せる顔です。そして第三は美しい女性に憧れる顔。そういう分裂を漱石はこんなふうに書いてみせます。

三四郎には三つの世界ができた。一つは遠くにある。与次郎のいわゆる明治十五年以前の香《か》がする。すべてが平穏である代りにすべてが寝ぼけている。もっとも帰るに世話はいらない。もどろうとすれば、すぐにもどれる。ただいざとならない以上はもどる気がしない。いわば立退場《たちのきば》のようなものである。三四郎は脱ぎ棄てた過去を、この立退場の中へ封じ込めた。（中略）

第二の世界のうちには、苔《こけ》のはえた煉瓦造りがある。片すみから片すみを見渡すと、向こうの人の顔がよくわからないほどに広い閲覧室がある。梯子《はしご》をかけなければ、手の届きかねるまで高く積み重ねた書物がある。手ずれ、指の垢《あか》で、黒くなっている。金文字で光っている。羊皮、牛皮、二百年前の紙、それからすべての上に積もった塵《ちり》がある。この塵は二、三十年かかってようやく積もった尊い塵である。静かな明日に打ち勝つほどの静かな塵である。（中略）

第三の世界はさんとして春のごとくうごいている。電燈がある。銀匙《ぎんさじ》がある。歓声がある。笑語がある。泡立《あわだ》つシャンパンの杯がある。そうしてすべての上の冠として美しい女性《にょしょう》がある。三四郎はその女性の一人《ひとり》ひとりに口をきいた。一人を二へん見た。この世界は三四郎にとって最も深厚な世界である。この世界は鼻の先にある。ただ近づき難い。近づき難い点において、天外の稲妻《いなずま》と一般である。

抽象的なことを、とても具体的なイメージを通して書こうとしています。それだけに寓意的にも見える。もしくは象徴的な書き方になっています。すでに触れたように、ここではいろいろな声が互いに交わらないまま散乱し、世界が分裂して見えます。

ただ、何より注目したいのは、ほとんどすべてが「〜する」「〜がある」といった現在形で書かれているということです。三四郎も語り手も漱石も、作品の世界と現在形で立ち向かっているのです。それをとくに印象づけるのが、要所に配せられた「である」という語尾です。

『三四郎』という小説の中で、語り手のこの「である」はとても強く響きます。小説に書かれた事物や、それをとりまく状況をがっちりとそこに据えてしまう。それだけ個々の事物の存在感は揺るがぬものとなる。しかし、あまりに揺るがぬゆえに、小説の中で時間が流れないのです。まるで三四郎が最初に汽車で熊本から出て来たときから、まったく時間がたっていないかのように思える。

考えてみれば、冒頭部でも「である」はとても大きな効果を発揮していました。

うとうととして目がさめると女はいつのまにか、隣のじいさんと話を始めている。このじいさんはたしかに前の前の駅から乗ったいなか者である。

じいさんが汗をふいて、肌を入れて、女の隣に腰をかけたまでよく注意して見ていたくらいである。

それからしばらくして、三四郎は眠くなって寝てしまったのである。

こうした「である」をあらためて見渡してみるとわかるのは、単にそれらが揺るぎなさを強調するだけでなく、「そうなのだ！」とでも翻訳できるような、驚くべき遭遇のインパクトを示しているということです。また、そうやって遭遇してしまった個々の事物のあり方を何とか理解し、受け入れようとする従順な態度をも表現している。もちろん、中心にいるのは三四郎です。驚いているのも、受け入れようとしているのも三四郎。しかし、世界とそうやって遭遇しているのが三四郎だけではないのは、すでに確認したとおりです。三四郎とともに語り手も、作家漱石も、そして私たち読者も、この硬質な「である」のリズムに引き込まれるように、世界がそんなふうにばらばらのままあることの衝撃にさらされている。

『三四郎』は「である」の感覚によって書かれた小説なのです。主人公はたしかに幻滅や失望を体験することで「成長」するのかもしれませんが、それは長くて意味のある、分厚い時間の経過に裏付けられた「成長」としては描かれてはいません。三四郎の成長はあくまで現在形なのです。私たちの記憶に残るのは、成長の過程で体験されるいちいちの驚きやおののきの、その衝撃です。それらが時間軸を超えて、「である」という強烈な認識の一点としてそれぞれ体験されるように思うのです。

そこでのポイントは、三四郎も語り手も私たち読者も、つねに心許なさとともに些か慌てながら世界の「いきなりさ」に遭遇するということです。そして、こうしたルールは、『三四郎』の冒頭部ですでに私たちに示されていたのでした。

小説を読むとは、こうしていちいちの作品のルールを発見していくプロセスにほかなりません。続く章でも、引き続きこのプロセスを読む練習を続けていきたいと思います。

No.

コラム

先人のいじり〜蓮實重彦『夏目漱石論』より

蓮實さんは「いじり」の達人です。そのコメントを読んでいると、元の作品のとんでもない裏の顔が浮かび上がる。たとえば『三四郎』。主人公の三四郎にとって野々宮さんと美禰子の間で交わされている話題はおよそちんぷんかんぷんなのですが、蓮實さんの言い方を借りれば三四郎は「明るさと暗さとを通底させる呪文めいた言葉の意味に、自分が通じてない」ことを悟り、「明るさと暗さとが投げかけあっている謎めいた符牒を理解しえないからこそ不安」になるとのこと。漱石の作品が、何だかノワールな犯罪小説かスパイ小説のように見えてきて楽しいです。

近代小説は日常を好んで描きますが、蓮實さんはそんな惰性的な日常をB級アクション映画風の装置の中に置き直すことで、そこに潜んだサスペンスを表に引っ張り出します。しかも、「明るさ」とか「暗さ」といった頑固なほどにシンプルで即物的な用語を使うことで、決して無駄に深刻でもなければ湿っぽくもない、ダンディないじりのスタイルを実践しているように見えます。

② 夏目漱石『明暗』

~小説世界に「探り」を入れる

国民作家の変なところ

漱石が生きたのはまさに激動期の日本でした。西洋文化の流入、国家基盤の形成。帝国大学もできたばかりです。そんな中で一生懸命悩み、勉強し、四苦八苦しながら人間のことを考えたのが漱石でした。

だから、その作品にも「悩む人」がたくさん出てきます。『三四郎』や『門』、ましてや『道草』や『こころ』や『行人』など読むと、「うわぁ〜。人生とはこんなに生きるのがたいへんなものか。ふう」と思わず溜息が出そうになります。

でも、そんなふうに「立派さ」や「深刻さ」だけに注目しても漱石の持ち味を十分に味わうことはできません。漱石の作品にはよくわからない影の部分や、ずぶっと読者が足をとられそうになるぬかるみがたくさん隠されています。

そうしたところこそが、おもしろい。たしかに漱石はまじめな人でしたが、まじめさと同じくらいにふざけた部分、エッチな部分、いわく言いがたい変態的な部分も持っていた。とくに絶筆となった『明暗』はそうです。

その冒頭部がいったいどんなふうに書かれているかを見てみましょう。

面倒くさそうな男！

えっ、いったいどんな病気？

医者は探《さぐ》りを入れた後《あと》で、手術台の上から津田《つだ》を下《おろ》した。

「やっぱり穴が腸まで続いているんでした。この前探《まえさぐ》った時は、途中に瘢痕《はんこん》の隆起《りゅうき》があったので、ついそこが行《い》きどまりだとばかり思って、ああ云ったんですが、今日《きょう》疎通を好くするために、そいつをがりがり掻《か》き落して見ると、まだ奥があるんです」

「そうしてそれが腸まで続いているんですか」

「そうです。五分ぐらいだと思っていたのが約一寸ほどあるんです」

津田の顔には苦笑の裡に淡く盛り上げられた失望の色が見えた。医者は白いだぶだぶした上着の前に両手を組み合わせたまま、ちょっと首を傾けた。その様子が「御気の毒ですが事実だから仕方がありません。医者は自分の職業に対して虚言《うそ》を吐《つ》く訳に行かないんですから」という意味に受取れた。

津田は無言のまま帯を締め直して、椅子《いす》の背に投げ掛けられた袴《はかま》を取り上げながらまた医者の方を向いた。

「腸まで続いているとすると、癒《なお》りっこないんですか」

「そんな事はありません」

医者は活溌《かっぱつ》にまた無雑作《むぞうさ》に津田の言葉を否定した。併《あわ》せて彼の気分をも否定するごとくに。

「ただ今《いま》までのように穴の掃除ばかりしていては駄目なんです。それじゃいつまで経《た》って

（変な医者だね）

あやしい～

二人、ぜったい楽しんでるよ

一寸先が闇

医者は探《さぐ》りを入れた後《あと》で、手術台の上から津田《つだ》を下《おろ》した。

『明暗』の冒頭は、このたった一行です。つまりまとまった段落ではなく、一文だけ。とてもそっけない。でも、そのせいでかえって意味ありげにも思える。ここに書かれているのがどうでもいいことなのか、ものすごく大事なことなのかがよくわからない。

実はこの「どうでもいいのか、ものすごく重大事なのかわからない」という感覚こそ、とても『明暗』的なのです。『明暗』に描かれるのは〝騙し合い〟です。登場人物同士が騙し合うだけでなく、語り手も騙したり騙されたりするし、読者も巻きこまれます。

『明暗』の世界は一寸先が闇なのです。どこに罠が潜んでいるかわからない。この一行はまさにそんな状況をあらわします。何の気なしに素通りしてしまいそうなところに、思いがけず何か大事なことがある。誰もがそんな世界に生きているから、「探り」を入れたりもするし、そもそもこんな「は？」みたいな出だしで読者をびっくりさせるところにも、罠の匂いがある。

ストレスを書く

ここではいったい何が起きているのでしょう。

医者が出てくるのだから、きっと病気なのでしょう。手術台に載っているのだから軽い病気ではない。主人公は津田さんか。その主人公がいきなり病気というのも珍しい。主人公たるもの、ほんとうは跳んだり跳ねたりして活躍してもらわないと困る。その果てに病気になったり死んだりするなら仕方がないけど、はじめっから病気じゃあねえ……と言いたくなる。

でも、それが『明暗』という小説なのです。主人公の津田は、主人公のくせにほとんど何もしない。楽なものです。何かをするのは、まわりの人ばかりです。妻とか、妹とか、上司の奥さんとか、まわりの人があくせくする。こういう人たちが何もしない津田に詰め寄ってきて、「あんたは早く何かしたらどうだ?」とか言うので、彼の方はそこでストレスを感じています。

小説とはストレスを書くもの。難しい言い方をすると「葛藤」です。ふつうはストレスが生ずるのは、何かをやろうとするときです。ところが漱石の主人公はしばしば何もしない。何もしないせいで、かえってストレスが生ずる。

ふつう、過労のときは「よく休みなさい」などと言われますね。何もしない方がストレスが軽減されるはず。ところが、津田は何もしないことでまわりからあれこれ言われてストレスを溜めています。

漱石はこうした主人公を描くのが得意でした。たとえば『それから』の代助。「高等遊民」などと呼ばれる彼は、仕事もしないでぷらぷらし、あげくに人の奥さんに手を出してたいへんなことになる。あれこれ考えにふけるのがならいで、一人でいるときには観念や理屈で頭をいっぱいにしています。でも、まわりからするとそんなのは暢気なわがままにすぎません。そのあげくに道ならぬ恋に墜ちるのだから、まったく始末に負えない、ということになります。

では、漱石はいったいなぜ、こんな人物を描いたのか。

その最大の理由は、漱石が英文学の勉強を通して学んだ「小説（novel）」というジャンルが、まさにこうした人物を中心に据えることで豊かな成果を生み出したということにあります。旧来のロマンスなどであれば、世界の果てまで宝物を求めて冒険に出かけるような行動的な人が主人公になりやすかった。こうした人は「外」とのかかわりにあくせくし、何をするかを通して自己表現を果たした。

でも、近代の「小説」で主人公になるのは、内面を持った人物でした。行動するよりも、自分の内面を振り返り、考え、自分とはいったいどういう人間なのかを分析したりする。こういう人は、思うことを通してこそ人となるのです。近代小説の背景にあるのは、「人間は一人一人異なるのだ」という、今の私たちからするとごく当たり前のような見方ですが、そのような世界観の根拠となったのは「人間は一人一人異なることを思っているものだ」という考えでした。異なる内面を持ち、世界を独自の視点で見ているのが個人というものであり、そんな個人に焦点をあてて、その内側をじっくり見せてくれるところに小説というジャンルのおもしろさや価値もあったというわけです。

優柔不断な主人公

『明暗』の津田は一見すると、働きもしないで理屈ばかりこね、うまくいかなかった過去の恋愛にいつまでもこだわってうじうじしている、およそ生産性の低い役立たずの中年男に見えます。津田のすることと言えば、「自分の妻はいったい何を考えているのだ？」といぶかったり、妹から自分のだらしなさをとがめられると、意地になってガードをかため、一生懸命相手の出方をうかがってその裏をかくような嫌みな態度をとったりと、面倒くさいことこの上ない。決断や行動とは無縁。それでいて、自分をかわいがってくれるちょっと年上の女性には弱く、彼女にけしかけられると、いまだに未練のある「元カノ」のところにのこのこ会いに行ったりする。

しかし、私たちはこの優柔不断で、行動力も生活力もおよそない津田という人物のありさまをけっこうおもしろがって読んでしまいます。というのも、彼の優柔不断さや行動力のなさのおかげで、そのまわりに広がる世界の襞や、周囲の人間の癖やアクや謎や魅力などがよく伝わってくるからです。もちろん、津田という人物のあり方もよく見える。

津田が行動することや決断することにとても臆病なのは、彼が世界や他者に対してとても敏感だからです。でも、必ずしも彼にいわゆる観察眼が備わっているということではありません。冷静な観察や判断ができるような人でもないのです。彼はとにかく過敏なのです。人並み外れて予感や気配を感じてしまう。世界は彼にとってつねに意味ありげです。いつも「一寸先は闇」という状態である。

こうした特徴ゆえに、津田は小説の読者を導くのにうってつけの主人公となるわけです。『明暗』の語り手が津田と完全に重なるわけではありませんが、語り手は頻繁に津田の視点に寄り添うので、津田の目に映る「意味に満ちた日常世界」を語り手もおおいに活用します。作品中には派手で目立った出来事はほとんどなく、せいぜい芝居に行くか行かないかとか、誰にお金の無心をするかといった程度の葛藤があるばかり。ところが、こんな些末事ばかりの日常的な世界が、なんとまあ緊張感に満ちていることか。

小説の山場の一つで、金を借りようとする兄に、妹が頭をさげさせようとする場面があります。兄はそんな妹の気持ちを見抜いて、意地でも頭をさげようとはしない。二人の間の意地の張り合いを、横から語り手がはやし立てるという展開なのですが、読者はまるで白熱したスポーツ競技でも観戦するかのように手に汗を握ってしまう。それほど濃密に人と人とがからみあっている。肉親ならではの愛憎はとても複雑です。みんな身動きとれない状態に陥っている。こんな些細なことで、これほど小説に熱がこもるかと思うと、ほんとうに驚きです。

この医者は何者？

まだ奥があるんです

こんなところで言いやめるお医者さん、どうでしょう？　ほとんど嫌がらせではないでしょうか。こんなこと言われたら、患者さんはびびってしまいます。

案の定、津田はドキドキしている。

おもしろいのは、医者がちょっとした預言者、もしくは呪い師のような役割を果たしていることです。医者は津田のあずかり知らぬ神秘的な「奥」のことを知っているらしい。自分の身体のことなのに、津田にはそれがまったくわからない。だから、医者に「え？　それで？　それで？」と一生懸命訊いています。

もうこの段階で、この小説の日常世界に果てしないほどの「奥」があるということがほのめかされています。「奥」をこうして指し示すのが医者だというのも意味深い。漱石は心身共に問題をかかえ、頻繁に医者の世話になっていた。そんな漱石にとって医者は、単なる専門家ではなく、もっと神秘的な役割を持っていたのかもしれません。

御気の毒ですが事実だから仕方がありません。医者は自分の職業に対して虚言《うそ》を吐《つ》く訳に行かないんですから

このあたりのやり取りを見ても、医者と患者の間に明らかな力関係があるのがわかります。医者の発言はいちいち患者をどきどきさせます。あるいは患者が勝手にどんどん妄想をふくらませて、医者を預言者に仕立て上げているのかもしれません。

でも、こうして見ると、津田という人が何もしないことの意味があらためて痛感されます。津田は跳んだり跳ねたりして世界を広々と見渡すよりは、じっと一箇所にとどまって「奥」の方を見つめるのが好きな人なのです。なるほど、そういう主人公のありようもある。そして、漱石が得意としたそんな主人公の描き方が、この後、日本の近代小説の礎の一つともなったわけです。日本が戦争に敗れ、明治以来の富国強兵とマッチョイズムが根本のところで大きな挫折を強いられると、じっと一箇所にとどまって「奥」の方ばかり見ようとするような人が市民権を得ます。文学作品はそういう人であふれかえるようになっていきます。

「奥」の作り方

次の箇所を読むと、「うわ、文学臭！」と直感的に感じる人も多いのではないでしょうか。

津田の顔には苦笑の裡《うち》に淡く盛り上げられた失望の色が見えた。

小説に心理描写はつきものですが、たとえば「彼は嬉しそうだった」のような表現で終わることはまずない。小説に描かれる心理は、むしろ心理の否定からはじまるのです。「苦笑」と描かれた津田の内面は、実は「苦笑」では終わらない。その「奥」に「苦笑」では言い切れない何かがある。それを漱石は「失望」という言葉を借りて表現しようとするのですが、そこに「苦笑の裡に淡く盛り上げられた……」なんていう言い方が挿入されるところはさすが。一瞬、何を言っているのか、わからなくなる。焦点がかすむ。これが「奥」の作り方なのです。単なる「苦笑」でもないし、「苦笑」＋「失望」でもない。束の間、めまいのするような、見えているはずの世界が見えなくなるような体験です。言葉の力で、こんなことまでできるのです。

どうでしょう。私は『明暗』のこの冒頭部を読むと、何だかむずむずして仕方がありません。「探りを入れた」って何でしょう？　探偵じゃあるまいし、いったい何を探るのか？　そもそも「ここはどこ？　あなたは誰？」というオープニングでいきなり探りを入れるというこの唐突さは何でしょう。でも、漱石の隠し方は実に嫌らしくて、こちらを妙に疑り深くさせる。いろいろ勘ぐりたくなってしまう。すると、文章のあちこちにぬかるみが潜んでいるような気がしてくる。どこを読んでも「あ、」と思わず声をあげそうになる、そんな緊張感でいっぱいなのです。

すでに触れたように、『明暗』は表だって事件が起きたりするわけではありません。殺人はもちろん、姦通や家出もない。もちろん未完に終わった作品なので、このまま書き継がれていたら津田夫婦に亀裂が生じ、何らかの事件に結びついた可能性はあります。でも、残された部分を見る限りそうした大きな事件ばかりに依存するような作品だとは思えません。むしろ何も起きていないのに、波乱や葛藤がじわじわと生ずるところがおもしろい。

津田の気持ちにはいつもさざ波が立っています。津田はいつも「ここではない場所」や「今ではない時間」について考えている。そもそも日々の仕事で忙しかったら、そんな夢想にふけっている暇はないでしょう。ところが、主人公は病気なのです。だから、診察、手術、入院、そして温泉での療養という過程がプロットの中心となり、その中でじっくり「奥」を見つめ、あれこれ思いに及ぶ時間がとれるわけです。

津田と妻のお延との摩擦が少しずつ浮き彫りになる過程には迫力があります。二人とも何も語らないけど、どうやら原因があるらしいことはわかっている。それが少しずつ明らかになる。津田には過去に女がいた。それが忘れられない。ついに津田は、彼女の泊まる温泉へと向かうことになります。そして、古い温泉宿の迷路のようになった廊下で彼女と遭遇する。ここばかりは、ちょっとした冒険譚のようにも、ゴシック小説のようにも読める箇所です。

しかし、小説はここで唐突に終わります。残念ながらこの先どうなったのかは永遠にわかりません。「元カノとの遭遇」はいったいどんな事態に結びつくのか。筋書き的にはまさにこれからというところで寸断されたようにも見えます。でも、ここに至るまでに『明暗』という小説は十分にその持ち味を発揮したとも言えます。大きなストーリーは未完だけど、小さな波乱がたくさん組み合わさっている。もう十分！　と言いたくなるほど、濃密な物語が詰まっているのです。

No.

コラム

先人のいじり〜小島信夫『漱石を読む』より

小島信夫さんの小説作品は、まさに「いじり」の格好の対象になりそうな、実に変てこりんなものです。難しい言葉で書かれているわけではないのに、突然、びっくりするような場面があったり、予期せぬところで思わず噴き出してしまったりする。まったく油断ならないのです。

御自身そんな「油断ならない男」である小島さんが、漱石の『明暗』を徹底的に「油断ならない小説」としていじくりまわすのが『漱石を読む』です。たとえば「日常これすべて事件」と題された章では、お延のある発言が取り上げられる。津田がいよいよ痔の手術をすると決めたとお延に告げる。ところがお延はその日に芝居に行く約束をしている。手術などされたらせっかくの芝居行きはキャンセル。津田は「行きたければ行ったらいいだろう」は言いますが、それに対してお延が口にするのが次のセリフです。

「だから貴方もいらっしゃいな、ね。御厭?」

No. ....

う〜ん。たしかにこのセリフは私も印象に残っています。小島さんは、漱石にはこういうセリフは今まであったろうか？　あったかもしれないが、この「瑞々しさ」はただごとではない、とゴチック体まで使って強調します。そしてああでもない、こうでもない、とこのセリフをいじくりまわしながら、二人の夫婦生活の奥をちらちらとのぞきこむ。

何でこんなにこだわるのか。まさにこのセリフの遺伝子のようなものが、小島さんの『抱擁家族』のような作品にも色濃くあらわれているのではないでしょうか。妻の反撃の一言。その妙な色気。漱石にも小島さんにも通じる小説書きの奥義が、このセリフに込められているのかもしれません。

③志賀直哉「城の崎にて」

~一行目で事故に遭う

「城の崎にて」の人柄は？

文は人なりと言います。文章には人柄があらわれる。ここにあげた志賀直哉の「城の崎にて」の文章からも、かなり明瞭に〝人柄〟らしきものが読み取れます。

山の手線の電車に跳飛《はねと》ばされて怪我《けが》をした、その後養生《あとようじょう》に、一人で但馬《たじま》の城崎《きのさき》温泉へ出掛けた。

たった一文ですが、この語り手はきっとこんな感じの人なんだろうな、とイメージがわいてきます。たとえば、ソフトかハードかといったら後者でしょう。何となく硬い感じがする。明朗か沈鬱かといったら沈鬱。寡黙で、まじめそうだけど、ちょっと威張っていて、考えごとにふけるのが好きそう……と、ざっとこんな感じでしょうか。

どうして、こんなに〝人柄〟が露出してしまうのか。その理由は意外なところにあります。この文は、小説の冒頭部なのに「私」も「僕」も出てこないのです。志賀直哉はいわゆる私小説の書き手として知られた作家です。「城の崎にて」はその代表作とされる作品で、国語の教科書にもよく載っている。作品末尾の付記には、ここに書かれたことはすべて事実である、ありのままである、なんて書いてあります。まさにザ・私小説のような作品と言えるでしょう。「私」が充満する小説です。

にもかかわらず、この冒頭部以降も、「私」や「僕」はほとんど出てこない。描かれるのは、主人公の城崎温泉での療養ぶりです。療養ですからたいしたことは起きません。ぶらぶらしながら、まわりの風景をながめたり、風景の中にあらわれる生き物の姿に目をとめて生き様を観察したり。この観察を通して、「私」はいろいろなことを考え感じるのですが、相変わらず「私」という主語は出てこない。せいぜい「自分」と言うくらいです。「自分」とあれば、語り手が自分のことを指していることはわかります。でも、やはり「私」とはニュアンスが違う。

なぜ「私小説」なのに、「私」がいないのでしょう？

なーんか、いちいち、えらそうだよね。

あんた、いったい誰よ。名前くらい言いなさい。

山の手線の電車に跳飛《はねと》ばされて怪我《けが》をした、その後養生《あとようじょう》に、一人で但馬《たじま》の城崎《きのさき》温泉へ出掛けた。背中の傷が脊椎《せきつい》カリエスになれば致命傷になりかねないが、そんな事はあるまいと医者に云われた。二三年で出なければ後は心配はいらない、とにかく要心は肝心だからといわれて、それで来た。三週間以上——我慢出来たら五週間位居たいものだと考えて来た。

頭は未《ま》だ何だか明瞭《はっきり》しない。物忘れが烈《はげ》しくなった。然《しか》し気分は近年になく静まって、落ちついたいい気持がしていた。稲の穫入《とりい》れの始まる頃で、気候もよかったのだ。

一人きりで誰も話相手はない。読むか書くか、ぼんやりと部屋の前の椅子《いす》に腰かけて山だの往来だのを見ているか、それでなければ散歩で暮していた。散歩する所は町から小さい流れについて少しずつ登りになった路《みち》にいい所があった。山の裾《すそ》を廻っているあたりの小さな潭《ふち》になった所に山女《やまめ》が沢山集っている。そして尚《なお》よく見ると、足に毛の生えた大きな川蟹《かわがに》が石のように凝然《じっ》としているのを見つける事がある。夕方の食事前にはよくこの路を歩いて来た。冷々《ひえびえ》とした夕方、淋しい秋の山峡《さんきょう》を小さい清い流れについて行く時考える事はやはり沈んだ事が多かった。淋しい考だった。然しそれには静かないい気持がある。自分はよく怪我の事を考えた。一つ間違えば、今頃は青山《あおやま》の上に仰向《あおむ》けになって寝ているところだったなど思う。青い冷たい堅い顔をして、顔の傷も背中の傷もそのままで。祖父や母の死骸《しがい》が傍《わき》にある。それももうお互いに何の交渉もなく、——こんな事が想《おも》い浮ぶ。それは淋しいが、それ程に自分を恐怖させない考だった。何時《いつ》かはそうなる。それが

「。」じゃなくて、「、」なんだよ。

このあたりから術中にはまるんです…

意味わかんないんだけど

「私」がいない私小説

実はこういう疑念を持つこと自体が、「城の崎にて」の一行目を受け止めるための準備となります。読者の心理について考えてみましょう。あれ？　どうして「私」がいないの？　という違和感が、一瞬だけとはいえ、この小説の冒頭部から生じます。ところが、この一瞬の疑念を抱いたまま、私たちはすぐに「あ、これは主語は私なんだな」と了解します。この「疑念」から「了解」に至るプロセスにこそ、志賀の「私小説」の勘所があります。

それはどういうことかというと、志賀作品の「私」の語り方には、「私が私の話をするのは当然だろう」という、図々しいほどの開き直りのようなものが読めるのです。先に触れた「威張っているような」というのは決して比喩にとどまるわけではありません。事実上、この語り手は威張っているのです。なんだか〝俺様モード〟なのです。だいたい、小説で「私が私の話をする」ことは当然のことではありません。「私」というものは、あくまで差し出され、受け入れられなければならない。「すいません、私事で恐縮ですが……」とか「もしよろしければ、私の話を聞いてもらっていいですか？」というふうにおずおずと「私」が提案され、それが受け入れられ了承された時点ではじめて、読者としても「よかろう」という気持ちになる。そこで「私が私の話をする」ことが公認される。

ところが、「城の崎にて」では、「私が私の話をする」という事態が読者に突きつけられる。それを何より強調するのが、この冒頭の文に「私」が出てこないという事態なのです。「私」が出てこないのは、「私」がいないからではなく、むしろ「私」がいるのが当たり前である、それぐらい冒頭から「私」が充満して、差し出したり言及したりする必要さえないということを意味しています。次の一節もそんな語り手の態度をよく示しています。

> 頭は未《ま》だ何だか明瞭《はっきり》しない。物忘れが烈《はげ》しくなった。然《しか》し気分は近年になく静まって、落ちついたいい気持がしていた。稲の穫入《とりい》れの始まる頃で、気候もよかったのだ。

こんなふうに強引に「私」を突きつけられた読者はどう感じるか。やはり〝人柄〟めいたものを感じざるをえないでしょう。「明朗か沈鬱かといったら、沈鬱。寡黙で、まじめそうで、ちょっと偉そうで、考えごとにふけるのが好きそう……」という先ほどの印象が補強されます。この語り手は自分のことには人一倍拘泥するようです。気になることはとことん気になる。考え出すときりがない。つい物思いにふけってしまう。未来のことには目が向かず、「物忘れが激しくなった」なんて言うわりに、過去のことがいつまでも頭に残って気分が鬱々としている。

そんなだから、まわりの人のことも、ましてや聞き手や読者のことも、あまり目に入らない。それはそうです。こんなに自分の気持ちにこだわっていたら、まわりのことなど気にしている余裕はないでしょう。こちらのことをおもんぱかって「私事で恐縮ですが……」なんてステップを踏む余裕もない。自分の方を向いたまま、自分の問題だけを見つめつつ、自分に向かってしゃべっているかのようです。

こういう語り手は、ろくなことは言わない。自分にしか関心がないから、こちらがどんなことを求めているかわからないし、わかろうともしない。そんな人が口にするのは、どうせわがままで一人よがりの妄想か、聴くに値しない戯言です。

無愛想さの真髄

ところが、ほんとうに奇跡的なのですが、志賀の語り手にはこちらを妙にひきこむ力があるのです。それを説明するのはなかなか難しいのですが、次の一節にはそのヒントが隠されています。

夕方の食事前にはよくこの路を歩いて来た。冷々《ひえびえ》とした夕方、淋しい秋の山峡《さんきょう》を小さい清い流れについて行く時考える事はやはり沈んだ事が多かった。淋しい考だった。然しそれには静かないい気持がある。自分はよく怪我の事を考えた。一つ間違えば、今頃は青山《あおやま》の土の下に仰向《あおむ》けになって寝ているところだったなど思う。

この「淋しい」という形容は、このあと、何度も出てきます。ただ、この一節もそうなのですが、その使い方はやや唐突です。なぜ淋しいのか、どう淋しいのかが今一つわからない。にもかかわらず、語り手はまるで一種の切り札のように「淋しい」とか「淋しかった」という気分にたどりつき、まるでそういうことで何事かが片付いたかのように話を前に進めます。

ここでも先の「私」と同じことが起きているのがわかるでしょう。すごく強引なのです。勝手に話を進め、いきなり「淋しい考だった」なんて言う。この「淋しい」の使い方には飛躍がある。意味がよくわからない。でも、そのせいでかえって気になる。しょうがないから、読者は勝手にその意味をおもんぱかったりしながら、とりあえずついていこうとする。「そこまで言うんだから、きっと何かわけがあるんでしょう」というような、先ほどと同じような遅れた了解のプロセスになる。語り手のしゃべり方は、まるでそっぽを向いてこちらには目をあわせないかのようなところがあります。無愛想で、嫌な感じさえする。読者によっては「何だこいつ！」と文句を言うかもしれません。

でも、これがまさに「城の崎にて」を読むという体験の神髄なのです。つっけんどんで、自分のことばかり考えている語り手にろくにもてなしも受けず、荒涼とした気分で私たちはこの作品を読み進める。何と寒々とした心地でしょう。ところが、この寒々とした心地から、不快感とは異なる何か別のものがふっと出てくる。寒々しい荒涼とした感じに囲まれていたからこそ芽生える何か。まさにこれが「淋しさ」という語を妙なタイミングで使うことで志賀直哉が示そうとしたものではないかと私は思います。

「淋しさ」の広大さ

「淋しい」という語の〝態度〟についてちょっと考えてみましょう。頼りない。寄る辺ない。心細い。どちらかというと〝女々しい〟と言われるような心境かもしれません。男性はたとえ「淋しい」心境に陥ったとしても（ネタで言う場合は別ですが）そう易々と自分は「淋しい」とは認めないでしょうし、そういう言葉も使わない。言ってみればそんな〝弱虫〟な言葉を、志賀の語りはまるで呪文のように何度も繰り返しているのです。しかもそれが出てくるタイミングはきわめて独特です。もう一度、先の引用部でどのように「淋しい」が使われているか確認してみましょう。

……冷々《ひえびえ》とした夕方、淋しい秋の山峡《さんきょう》を小さい清い流れについて行く時考える事はやはり沈んだ事が多かった。淋しい考だった。然しそれには静かないい気持がある。自分はよく怪我の事を考えた……

「淋しい」が修飾しているのは「考」です。これはかちっとした硬い言葉ですし、示されている内容も男性的です。物事を深く考えることの深刻さ、立派さ、男性的な屹立ぶりがこの語にはこめられている。

その他はどうでしょう。「淋しい秋の山峡を小さい清い流れについて行く時考える事はやはり沈んだ事が多かった」という文にあるのは、きちんと居住まいを正した人の姿勢です。そのあとも「然しそれには静かないい気持ちがある」と歯切れがよくて簡潔な表現。一般に志賀直哉の文章を「名文」としてありがたがるときには、こうした歯切れのよさやシャープさが念頭におかれていることが多いようです。

つまり、「淋しい」という語の弱々しい頼りなさに対して、その周辺にはひどく堅固で立派な言葉が満ちあふれているのです。これはいったいどういうことなのでしょう。明らかに「淋しい」とその他の語や表現の間には、態度のずれというか、ギャップのようなものがある。摩擦がある。しかし、語り手はそれでも何度も「淋しい」を口にする。

こんなふうに考えてはどうでしょう。「淋しい」という〝弱虫〟な言葉に何度もたどりつくことを通して語り手は、男らしい立派さや重々しい瞑想の身振りから少しずつ解き放たれようとしているのではないか。

主人公は川で鼠が串刺しになっていじめられているのを見てショックを受けます。でも、悲憤慷慨《ひふんこうがい》したり、とめにはいったりすることはありません。ただ見て、そしてショックを受けている。そして、その向こうにふと死の世界を垣間見るのですが、それと鼠の苦しみとをならべて見つめ続けてもいる。そのあと、語り手はこんどはイモリを見つける。そして驚かしてやろうというちょっとしたいたずら心なのか、石を投げつける。ところが、どうやら石はイモリを直撃したらしく、あっけなくイモリは死んでしまいます。さっき目撃した鼠に対するいじめと同じようなことを、結果的に語り手はしでかしたことになる。

もちろん語り手はここで自責の念にかられます。でも、そのあとに例の「淋しさ」が出てくる。イモリについて、「可哀想に想うと同時に、生き物の淋しさを一緒に感じた」というのです。そしてこんなふうに続けます。「自分は偶然に死ななかった。イモリは偶然に死んだ。自分は淋しい気持になって、漸く足元の見える路を温泉宿の方に帰って来た」。

「淋しい」にたどりつくことで、語ろう、考えよう、説明しようという自我のあが、きのようなものが、ふっと霧散していくのが感じられないでしょうか。驚くほどの「引き」の身振りです。「私がいるのは当然だろう」といわんばかりの偉そうな堅牢さに比して、このあっけないほどの諦めと武装解除は何なのでしょう。

こうして「淋しさ」という語を通して到達された静かで冷たい心地には、荒涼としたとか、寒々しいといった語だけではとても言い尽くせない何か遠い気配がします。思わず「あっ」と思うような、ぱっと目が開くような気分。まさにこの心地にたどりつくことこそが大事なんだな、と思う瞬間です。

こんな場所にまで私たちがつれてこられたのも、あの強面でちょっと威張っていた無愛想な語り手がいたおかげです。こんな瞬間は〝無愛想〟の果てにしか立ちあらわれませんから。「城の崎にて」はごく短い作品で、描かれるのもほんのひととき、限られた場所でのことですが、「淋しさ」が語り手の強面さを突き崩す様子からは、人間心理の気が遠くなるような広大さが感じられるのです。

④志賀直哉「小僧の神様」

～おいしい話を盗み聞き

新月面宙返りのからくりは？

「城の崎にて」に続いて、もう一つ志賀直哉の作品を見てみましょう。「小僧の神様」です。これは鉄棒競技にたとえれば、差し詰め「新月面宙返り」でしょうか。たったこれだけのスペースであっと驚く見事なキレ味を見せ、くるくる回転したあげくヒョイとジャンプするような、目の回る展開を楽しませてくれる作品です。

というわけで、「小僧の神様」はああだこうだと理屈をつけるまでもなく、ともかく読んで楽しめばいい作品なのですが、それにしてもあまりにうまいので、いったいどんなからくりになっているのか確認してみたくなります。

ドラマはいつも「盗み聴き」から始まる！

実は食わせものの一行

仙吉《せんきち》は神田のある秤屋《はかりや》の店に奉公している。

それは秋らしい柔かな澄んだ陽ざしが、紺の大分はげ落ちた暖簾《のれん》の下から静かに店先に差し込んでいる時だった。店には一人の客もない。帳場格子《ごうし》の中に坐って退屈そうに巻煙草《たばこ》をふかしていた番頭が、火箸の傍《そば》で新聞を読んでいる若い番頭にこんな風に話しかけた。

「おい、幸《こう》さん。そろそろお前の好きな鮪《まぐろ》の脂身《あぶらみ》が食べられる頃だネ」

「ええ」

「今夜あたりどうだね。お店を仕舞ってから出かけるかネ」

「結構ですな」

「外濠《そとぼり》に載っていけば十五分だ」

「そうです」

「あの家のを食っちゃア、この辺のは食えないからネ」

「全くですよ」

若い番頭からは少し退《さが》った然《しか》るべき位置に、前掛けの下に両手を入れて、行儀よく坐っていた小僧の仙吉は、「ああ鮨屋《すしや》の話だな」と思って聴いていた。京橋にSと云う同業の店がある。その店へ時々使《つかい》に遣《や》られるので、その鮨屋の位置だけはよく知っていた。仙吉は早く自分も番頭になって、そんな通《つう》らしい口をききながら、勝手にそう云う家の暖簾を

ドラマはいつも「退屈」から始まる！

食べたくなる会話

ストーリーはごく単純です。主人公は、神田の秤屋に奉公に出ている仙吉という少年。まだ若いので通常は使い走りのようなことをやらされています。そんな仙吉がある日、年上の番頭たちの会話を耳にする。すごくうまいネタを出す寿司屋があるとかなんとかいう話なのですが、「鮪の脂身」が出てくるあたり、読んでいると思わず生唾が出そうになる誘惑性があります。

「おい、幸《こう》さん。そろそろお前の好きな鮪《まぐろ》の脂身《あぶらみ》が食べられる頃だネ」

「ええ」

「今夜あたりどうだね。お店を仕舞ってから出かけるかネ」

落語調の賑やかで調子のいい会話は、食べ物の話題とぴったりあっています。食欲がいよいよ刺激される。仙吉も「鮪の脂身」に魅了されます。そして使いに出されたついでに話題になった寿司屋の前を通ってみる。往復の電車賃の一部を節約すれば、一つくらいはつまめるかな、なんて思っているのです。ただ、一つだけ頼むのもどうだろうなんて迷って一度は断念する。それが帰り道に同じ名前の屋台の寿司屋が目にとまって、ここならという気持ちで寄ってみます。すると、予想に反して値段は仙吉の予算を超えていました。一度手にした寿司を思わず板に戻した仙吉は板前さんに叱られて、とても恥ずかしい惨めな思いをします。

なるほど、という場面です。それほど突飛でも奇矯でもないけれど、急所を手早くとらえられて、ぎゅっとされた気分になるような一コマです。仙吉の姿には多かれ少なかれ誰もが共有していそうな、「惨めな私」の原型があるのではないでしょうか。

しかし、話がぐんと前に進むのはその先です。仙吉が〝お手つき〟をして板前さんに叱られた場面の、その一部始終を目撃していた貴族院議員がいたのです。小僧がどぎまぎしている様子を思い出しながら、自分が助けてやればよかった、かわりに別の寿司屋で奢ってやればよかった、などと胸を痛めます。でも、彼にはできなかった。この人は議員さんとは思えないほど自意識と羞恥心が強くて、善人のように振る舞うことにひどく抵抗感があったのです。だから、一人で勝手に悶々としている。

それが、ある日、必要があって秤屋に行ってみると、まさにそのときの小僧がいるではありませんか。彼はこの秤屋で買い物をしたついでに小僧に御馳走をしてやることにします。ただ、何しろ自意識が強い人なので、小僧に自分の素性を知られたくない。そこで、店の記録にはでたらめの名前と住所を書き残し、商品は自分で頼んだ俥に持っていかせます。

さて。それで一見落着と見えそうなところですが、実はここからがこの作品の本領発揮なのです。単純なストーリーのようにも見えますが、実は物語には二つの筋があります。一つは小僧を中心にしたもの。小僧は寿司をたらふく食べさせてもらって幸せな気分になるのですが、さすがにこれはいったいどういうことだろう？　と疑念を持ちはじめます。よく考えてみるといろいろおかしなことがある。どうして自分が寿司を食べたくてしょうがないことを、あのお客さんは知っていたのか？　しかも、まさに自分が行きたいと思っていた寿司屋につれて行ってくれた。自分がたまたま耳にした番頭たちの会話を、あのお客さんも一緒に聞いていたとしか思えない。

小僧の疑念にはもっともな部分と、やや妄想的な部分がまじっているのですが、次第にその妄想的な部分の方が理性的な部分を凌駕してゆきます。そのうちに小僧は、あのお客が仙人か、それとも神様ではないかと思うようになっていきます。そして、物語の結末ではついに……というところは言わないでおきましょう。

この作品の結末は、おそらく日本の短編小説のオチとしてもっとも有名なものの一つです。メタ小説のようだとも言えるけど、そうした作品にありがちな無理でわざとらしい実験性とは一線を画し、「なるほど！」と思わず膝を打つような物語的な納得感が味わえます。

また「淋しい」が出てきた！

ところでこの作品には、もう一つの重要なプロットがあります。それは貴族院議員のプロットです。実はこの人も影の主人公と言えるような人物です。この人にはいったいどのような物語が起きているのか。彼は哀れな小僧の様子を見て、何とかしてやりたいと思います。でも、自意識が邪魔をして、したいことができない。しかし、もう一度チャンスが訪れる。そこで、こんどは思い切って自分なりの「善」をなしてみる。善人ぶった嫌らしい態度に見えないように、用心深い配慮もほどこしています。自分の素性を隠し、どうして自分がこんなことをするのかも一切小僧には告げないのです。

ところがこの用心深い配慮が小僧には思わぬ「謎」となってふりかかります。そして、控えめの「善」となるどころか、ある意味では残酷ですらあるほどに神秘的な「善」が小僧の前に立ちあらわれることになるのです。

議員自身はそんなことはまったく知らないわけですが、他方で彼自身の内面にも思いがけない波紋が及ぼされます。小僧に寿司をたらふく食べさせ気が済んだはずなのに、かえってもやもやしたものが胸に残ってしまうのです。それを描写するためのキーワードは、何とあの「城の崎にて」にも出て来た「淋しい」という言葉でした。何だかわからないけど、「変に淋しい気がした」と独特の表現で貴族院議員の心境が語られるのです。さらにこの心境について、「丁度それは人知れず悪い事をした後の気持に似通っている」とさえ言います。

何とおかしなことでしょう。貴族院議員は善きことをした。しかも、それが偽善的な嫌らしい振る舞いとならないよう、いろいろと計略をめぐらして、自分の「善」をきれいに隠そうとさえしている。ところが、結果的に議員の心にはもやもやが残って「人知れず悪い事をした後の気持」だというのです。ひどい皮肉ではないでしょうか。

作品中にはこの不思議な心理について、これ以上の説明めいたものはありません。おそらくこれ以上は解説不能なのでしょう。その妙な心境を何とか小説的にあらわすためにこそ、志賀直哉はこの作品を書いたとも言える。だから、作品を最後まで読めば、この妙な心理がどんなものなのか、ぼんやりとでもわかるはずです。主人公自身にも私たち読者にも、それはうまく合理的には説明できないのだけど、たしかに「これかな？」と思える何かが伝わってくる。

「小僧の神様」と「城の崎にて」は一見、似ても似つかない作品に見えるのですが、どちらにもこうしてしっかりと志賀直哉印が刻まれているのは興味深いです。「淋しい」という語が果たす役割については、すでに「城の崎にて」の章で詳述したのでここでは繰り返しませんが、少なくともこの語は語り手や、ひいては志賀直哉自身の心の中の、言葉にならない暗部のようなものを示唆しているようです。

そういうわけで、「小僧の神様」には小僧を主人公にしたちょっとしたコミカルかつ哀切感も漂わせた寓話ファンタジーのような部分と、貴族院議員を主人公として、自我の微妙な襞にスポットをあてる私小説的・心境小説的な部分とが並立しているということがわかってきます。ストーリーを語るということに対するいかにも「小説的」な方法意識と、展開が展開を呼んであれよあれよという間にストーリーが前に進んでいく物語性とが絶妙の塩梅でまじっているのです。語りの前近代と近代とが奇跡的に一つの作品の中で融合している。

「退屈」の用法

こんな短い作品で、こんなに絶妙なバランスをとっているのはほんとうに見事というほかありません。すでにあげた以外にも、注意すべきが仕掛けがあるので確認しておきましょう。冒頭部でさりげなく提示されている二つの要素です。一つは「退屈」。

それは秋らしい柔かな澄んだ陽ざしが、紺の大分はげ落ちた暖簾《のれん》の下から静かに店先に差し込んでいる時だった。店には一人の客もない。帳場格子《ごうし》の中に坐って退屈そうに巻煙草《たばこ》をふかしていた番頭が、火鉢の傍《そば》で新聞を読んでいる若い番頭にこんな風に話しかけた。

何の気なしに読み飛ばしてしまいそうな静かな出だしですが、この「静けさ」がくせ者です。季節は「秋」。時間は午後でしょうか。お客もいない。番頭たちは新聞を読んだり、煙草をふかしたり。ここには静かな退屈さが満ちあふれています。

こうした退屈さをどう生かすかは、小説の迫真性に大きな影響を与えます。小説を生かすも殺すも「退屈」の扱い次第。弛緩した静けさの中から、どう「退屈ならざるもの」、「急」なものが立ち上がってくるか。かけがえのない大事なもの、一生もの「瞬間」がどう出てくるか。それらを知らず知らずのうちに、私たちは小説との出会いの瞬間から読み取っているのです。

少し大きな視点でいうと、二〇世紀はじめの小説家はみんな、この退屈で弛緩した時間に直面していました。世界の退屈さが、彼らの前にもそびえ立ちつつあったのです。そんな状況におかれて、小説家たるものどうやってかけがえのない「瞬間」をとらえるか、そこに彼らは腐心していました。「小僧の神様」の志賀も、落語的な様式性をうまく取りこみつつ、やっぱりその「瞬間」を上手にとらえています。ただ、瞬間を際立たせるためには、「退屈」な時間を充分に描き出すことも必要です。一見地味な準備ではありますが、この冒頭部にはそのワザがはっきりと出ている。

こっそり知る人

「小僧の神様」には、こうした弛緩と急とのコントラストを生かすための、より重要な仕掛けがあります。両者をつなぐために大事な働きを果たしているもの。それは「盗み聞き」と「盗み見」です。

先に、この作品では小僧のプロットと、貴族院議員のプロットの二つが併走していることに触れましたが、この両者をつなぐのは、たまたま自分とは無縁の別世界を垣間見たり、漏れ聞いたりするその偶然の出会いなのです。冒頭部にもすでにそんな一瞬が描かれています。

若い番頭からは少し退《さが》った然《しか》るべき位置に、前掛の下に両手を入れて、行儀よく坐っていた小僧の仙吉は、「ああ鮨屋《すしや》の話だな」と思って聴いていた。

ここでは小僧の仙吉が、自分に向けられていたのではない番頭たちの会話をたまたま耳にする様子が描かれています。考えてみれば、貴族院議員が小僧のことを考えるようになったのも、屋台の寿司屋で小僧が恥をかいたのをたまたま目撃したことによります。他方、小僧は後になって、議員が自分の店でかわされた番頭たちのやり取りを漏れ聞いたのではないかなどと疑るようにもなっています。こちらは妄想なわけですが、ここにも想像の中で潜在的な「盗み聞き」が発生していると言えないことはない。

こんなふうにのぞきや盗み聞きが物語の中で思わぬ働きをするという場面は、おなじみのものではあります。中世も、近代も、現代もない。芝居などでも多用される。ただ、近代とそれ以前で違いがあるとすれば、のぞきや盗み聞きが、もはや単なるご都合主義では使われなくなったということです。盗み聞きは便利な小道具である以上に、登場人物が一人の個人として、自分の心の中をのぞくきっかけとなるのです。そして大事なのは、それが自分の内面だけではなく、他者の内面にも目をやるきっかけになるということです。他人の会話や行動をのぞきみるとき、人は集団的な一体感から解放され、一人一人独立した個人として同じく独立した他者の「秘密」に直面します。「秘密」を見たからといっても、目撃された会話や行動がもともと秘密裏におこなわれていたというわけではありません。そうではなくて、ごくふつうにおこなわれているオープンな会話や行動に接しても、そこに何かの意味を読みこんだ瞬間から、それまでそこにはなかった「秘密」が生まれてしまうということです。それはより広く言えば、この瞬間から人間の行動や存在に「意味」が生まれることでもあるのです。

近代人は、人間に意図や思惑を読むのが大好きです。なぜでしょう。おそらくそれは、私たちが意図や思惑や、悪意や善意があるのが人間だと思うようになったからではないでしょうか。内面があると考えることではじめて、私たちは「個人」という枠組を信じられるようになった。意図や思惑がない人は、内面を持った人間とは言えない。善悪の観念も感情もない単なる動物です。とするなら、「小僧の神様」の盗み聞きやのぞきは、まさに「人間とは何か?」という問いに答えるための、最初の一歩と言えるのかもしれません。

コラム

先人のいじり
～小林秀雄「志賀直哉」「志賀直哉論」（『作家の顔』）より

私がこれまで読んだ先人の「いじり」の中でもっとも記憶に残っているのは、小林さんが志賀直哉について書いた次の一節です。

私は所謂慧眼というものを恐れない。（中略）慧眼の出来る事はせいぜい私の虚言を見抜く位が関の山である。私に恐ろしいのは決して見ようとはしないで見ている眼である。物を見るのに、どんな角度から眺めるかという事を必要としない眼、吾々がその眼の視点の自由度を定める事が出来ない態の眼である。志賀氏の全作の底に光る眼はそういう眼なのである。

小林さんがある意味で「ずる」なのは、作家の作品をほとんど引用しないことです。作品からほどほどに離れた安全地帯でくつろぎながら、マイペースで好き勝手なことを言っている。そのくせ、けっこう断定調で、威張っている。これを「いじり」と認

No.

定していいものでしょうか。

でも、この一節を読んだとき、私は「なるほどぉ」と思わず声をあげそうになるくらい感心しました。私はもともと志賀直哉のファンでしたが、この一節にはずばり急所を突かれました。

ほかにも小林さんは志賀直哉について「言ってみれば心が静かになってしまって法がつかぬ」とか「病的なままにその味いは生き生きとしている」とか「所謂名文ではない、急所々々で、いかにも見事に眼が澄んでいるという文章だ」など、証拠もなしに強烈な断定ばかり繰り広げているのですが、どれもほとんど放言のようでいてけっこうあたっていると感じられるのが悔しいところ。

はっきり言ってこれはルール違反です。小林さんは「いじり」の規則を守っていない。でも、触ってもいないのに相手を倒してしまう合気道の達人のようなすごみもある。正直言うと、小林さんのいじりはいかがわしいなと思うことがときには私にもあります。でも、相性というものでしょうか、志賀直哉について語る小林さんには、怖いほどの迫力があります。

⑤ 太宰治『人間失格』

～太宰モードに洗脳される

太宰モードとは？

太宰治と言えばまっさきに思い浮かぶのは、この『人間失格』。何と言ってもタイトルがすばらしい。

でも、残念ながら世の中には、

「え、人間に〝失格〟とか〝合格〟とかあるんですか？」と真顔で問うような人もたくさんいます。わかってないなあ、と言いたくなる。太宰の皮肉や洒落やポーズがぜんぜん飲み込めていない。太宰を苦しめたのも、そういう人たちでした。もし太宰のまわりを彼の〝理解者〟が埋め尽くしていたら、彼はもっと幸福な人生を歩んだことでしょう。

もちろん、太宰だって黙ってはいませんでした。彼の生き方、やり方をわかってくれるような人を増やそうとした。世界をいわゆる太宰信者で埋め尽くそうとした。彼はまるで布教活動をするかのようにして作品を書いたのです。彼の小説を読むということは、太宰モードに洗脳されるということをも意味します。

もちろん、これは太宰だけのことではありません。どんな小説家にも、その人独自の言葉のモードがある。読者はその文法や語彙を学ぶことで作品世界に入っていく。

でも、太宰のモードはとりわけ癖が強いです。アクがあって、病みつきになるくらい好きになる人もいるけど、「うわっ」とのけぞって逃げていく人もいる。太宰の作品を読んでいると、「いいいか。オレの小説はこう読むのだぞ、こう読めよ」としつこい囁きのような声が聞こえてきます。きっと太宰は読者にお任せということができない人だったのです。だからしつこいほど、読み方を強制してくる。実人生において、必ずしも身近にたくさんの〝理解者〟にめぐまれなかった彼が、せめて自らの作品には〝よき読者〟を得ようとした。そう考えると、少々痛々しくも思えます。

すごいもったいぶってますねぇ

私は、その男の写真を三葉、見たことがある。

一葉は、その男の、幼年時代、とでも言うべきであろうか、十歳前後かと推定される頃の写真であって、その子供が大勢の女のひとに取りかこまれ、（それは、その子供の姉たち、妹たち、それから、従姉妹《いとこ》たちかと想像される）庭園の池のほとりに、荒い縞の袴《はかま》をはいて立ち、首を三十度ほど左に傾け、醜く笑っている写真である。醜く？　けれども、鈍い人たち（つまり、美醜などに関心を持たぬ人たち）は、面白くも何とも無いような顔をして、

「可愛い坊ちゃんですね」

といい加減なお世辞を言っても、まんざら空《から》お世辞に聞えないくらいの、謂わば通俗の「可愛らしさ」みたいな影もその子供の笑顔に無いわけではないのだが、しかし、いささかでも、美醜に就いての訓練を経て来たひとなら、ひとめ見てすぐ、

「なんて、いやな子供だ」

と頗《すこぶ》る不快そうに呟《つぶや》き、毛虫でも払いのける時のような手つきで、その写真をほうり投げるかも知れない。

まったく、その子供の笑顔は、よく見れば見るほど、何とも知れず、イヤな薄気味悪いものが感ぜられて来る。どだい、それは、笑顔でない。この子は、少しも笑ってはいないのだ。その証拠には、この子は、両方のこぶしを固く握って立っている。人間は、こぶしを固く握りながら笑えるものでは無いのである。猿だ。猿の笑顔だ。ただ、顔に醜い皺《しわ》を

これが効いてる。やれやれ。

出た！太宰節！

「私」の威力

冒頭からいかにも太宰らしい書き出しぶりです。すでに洗脳ははじまっているのです。

私は、その男の写真を三葉、見たことがある。

まず「その男」という言い方。ちょっとミステリータッチで、ハードボイルド風味がまじったような緊張感が感じられる。え、誰？　と思ってしまう。

ただ、このやり方、どうでしょう。ふつうに「誰？」と思うのとはちょっと違います。だって、いかにも語り手が「誰だか気になるよね？　ね？　ね？」としつこくこちらに強制してくる感がありますから。謎というのはもっとさりげなく示された方が、よほど気になるものです。ひたひたと忍び寄る薄暗いミステリーの方が、恐怖や警戒心や好奇心をかき立てる。

ところが太宰ときたらどうでしょう。いかにもことさらに謎めいた言い方をしている。しかも「見たことがある」なんていうのも明らかにわざとらしい。過剰です。「見たことがある」なんて言われたら、いやでも「え？　何？　どんな？」と訊かざるをえない。こちらからすると、なんか無理矢理訊かされている気になる。あまりに手口が見え見えすぎて、かえって面倒くさくなるのです。はいはい、わかったよ、どうせ、たいしたことじゃないんじゃないの？　と意地悪を返したくなる。

そしてきわめつけは冒頭の言葉。「私は」です。実はこの一文、「私は」なんて断りがなくたって十分成立するはずなのです。たとえば「○○にその男の写真が三葉、残されていた」としたらどうでしょう。ミステリーの出だしとしてはちょっとしたものでしょう。むしろ、客観的な要素が強くなって、これはたいへんだ、とこちらも本気にならざるを得ない。でも、「私は」という断りがあると、所詮、これは「私の世界」のことなんだな、と弛緩した気分になってしまう。すべては「私」の妄想かもしれない。そんなものを本気にできない。読者としては、本腰いれて探求したりおもしろがったりできなくなってしまうのです。

でも、太宰にとってはこの「私は」という一言はとても大事でした。いや、まさにここで「私は」なんて言葉を挟むためにこそ、彼は小説を書いていたのではないかとさえ思えるくらいです。

というのも、この「私」は、この先の本文で出てくる主人公を精いっぱい突き放すために登場しているからです。本文にあたる主人公の手記の冒頭には、こんな記述があります。

> 自分には、人間の生活というものが、見当つかないのです。自分は東北の田舎に生れましたので、汽車をはじめて見たのは、よほど大きくなってからでした。

明らかに「私」の語り口とは違うことがわかるでしょう。「自分」の方はもっと主人公にべったりとついている。だから、自分のことをよくわかっていて、それだけにいろいろ弁解がましく説明したり、自己正当化したり、ときには感情的に嘆息をもらしたりもする。「自分」からは、主人公の息吹が伝わってきます。声色や、息の匂いさえ感じ取れる。

これに対し「私」は冒頭部だけで消えてしまう謎の声です。誰だかよくわからない。でも、最後まで読むとわかるのは、おそらくこの「私」が「自分」の分身であり、また作家の一部でもあるということです。主人公が太宰その人に重なっているのはもちろんなのですが、そんな主人公を「その男」と呼んで遠ざけようとする「私」にも太宰の影が強烈にある。

『人間失格』が失敗した理由

太宰はこんなにたくさん分身を登場させていったい何をしたいのでしょう?

おそらくそれは「失敗」ではないかと私は思います。『人間失格』という小説は、ひたすら失敗を描いた作品です。幼少の頃の友人との付き合いからはじまって、何一つ満足のいくことができなかった主人公。才能に満ちていたのに、だらしなく道を外れ、甘い方へ、弱い方へと脱線していってしまった。学校もだめ。創作活動もうまくいかない。女性関係ももめ事ばかり。そのあげくに薬物中毒のようになって、最後は「失格」という烙印が待っているわけですが、主人公のそういう生涯を振り返ろうとする作品が、同じく「失敗」を演じている。なるほど、というわけです。

しかし、作品そのものが表現する「失敗」は、主人公の人生における「失敗」とは微妙に違うかもしれません。それはもっと言葉的なものだからです。言ってみれば、「言おうとしたことを言えない」という、一種の失語症のような症状がそこには見られるのです。これがこの作品のもっとも根本にある「失敗」だと私は思います。

冒頭、太宰は「私」という人物を導入し、その視点から「その男」について語ることで主人公をきちんと外から描こうとする姿勢を見せます。続く本文では、「その男」

と呼ばれる主人公が勝手にしゃべるわけですが、あらかじめその「外」に一人の人物を立たせておけば、その目がたえず光っているから、自然と主人公の独白の嘘っぽさやいかがわしさが暴かれていく。そうすることによって真理にたどりつこうというわけです。

たいへんまわりくどいやり方ですが、これは太宰なりの誠意のあらわれでしょう。主人公の自己弁護だけで終わらせるつもりはない。ただ、実際にはそんなにきれいに「外」に出られるものではありません。次の引用を見ればわかるように、実は「私」だってすっかり太宰語に感染しているのです。つまり、いかにも太宰的な言葉のモードで世界を描こうとしている。

……醜く笑っている写真である。

「醜く笑っている」なんて、典型的に太宰的な表現です。「笑う」という所作と相性がいいのはふつうはさわやかで朗らかで前向きな形容です。ところが本来、前向きなはずの「笑い」という行為が、太宰の世界では反転してことごとく嫌な臭気を発しはじめる。

この冒頭部だけで、こうした美醜表裏一体を示す表現がなんとたくさんあることでしょう。「可愛らしさ」に見えるものが、見れば見るほど「イヤな薄気味悪いもの」に思えてくる。子供という愛くるしいはずの存在が別のものを隠し持っている。

太宰という作家は、ほとんど強迫観念のように裏に潜んだ醜さに戦慄していました。『人間失格』の中では、道化を演ずる幼年時代の主人公の心情を、ちょっとうすのろな感じの竹一という少年が見破って「ワザ。ワザ。」――つまり「わざとやってる」――と指摘して、主人公を狼狽させる場面が描かれます。太宰の作品の中でももっとも有名な箇所です。この場面が示すように、表面的な仮面の裏に潜む、嫌らしい小賢しさや姑息さに敏感に反応するのが、太宰の感受性でした。ほんとうは蓋をして覆い隠したいのに、人一倍そういうものに目が行ってしまうのが太宰の性でもあったのです。

太宰に洗脳されるには？

「外」にでるはずの冒頭部の「私」は、そういう意味では、必ずしも「外」にはいないように思えます。とても中途半端なところに立っている。主人公自身もそうです。

彼は自分のことを弁護したり、批判したり、嘆いたりするのですが、どれも中途半端です。根本的に徹底的に批判することもないかわりに、完全に弁護側に回って開き直ることもできない。ここに「失敗」があると私は思うわけです。批判も弁護も、詠嘆さえも百パーセントの行為として全うすることができない。必ず途中で自意識が働いて、「これでほんとにいいのかな？」という声が耳に入ってくる。

ただ、だからこそ太宰は自意識の作家と言われる。ここまで徹底されると、たしかにこれは言葉としては「失敗」なのかもしれませんが、「失敗」を通して何かを成し遂げているのではないかというふうにも思えてきます。言いたいことが言えないからこそ、何かが私たちに伝えられるのではないでしょうか。

そこで目につくのが次のようなジェスチャーです。

まったく、その子供の笑顔は、よく見れば見るほど、何とも知れず、イヤな薄気味悪いものが感ぜられて来る。

「イヤな薄気味悪いもの」にこうして反応する「私」が、さりげなく口にする「まったく」という言い方に注目してみましょう。さりげなくはあっても、実はこうした言葉はしゃべっている人の態度を濃厚につきつけてきます。読んでいる私たちの無意識にけっこう作用してくるのも、こういう表現なのです。村上春樹の小説にはある時期「やれやれ」という言葉が頻繁に出てきましたが、それと似たような効果がここにはありそうです。言ってみれば、ここからはこんな囁きが聞こえてくるのです。「『まったく』なんて言ってるオレの言葉に注目してよ。オレは『まったく』なんて言ってるわけだよ。どう？　このオレ。『まったく』なんて言ってるオレを見て」。

つまり、こういうことです。『人間失格』の手記の書き手の葉蔵にしても、得体の知れない「私」にしても、あるいはその背後にいる作家にしても、表面上は言葉を通して何かを成し遂げようとしているように見える。たとえば批判しよう、言い訳しよう、真理に到達しよう、といろんな企てはある。でも、実際にはそんな企てはそもそもどうでもいいのかもしれないのです。それよりも、「こんなふうに言ってるオレを見てよ」という隠れたメッセージの方が大事なのかもしれない。太宰は読まれ、見られることを通してこそ救われようとしていた。そこでは、何を言うかはそれほど問題ではなかったのかもしれない。

おもしろいですね。そう考えると太宰に洗脳されるというのは、具体的に何かに洗脳されるということではなく、そもそも「洗脳体験」そのものを楽しむということになるのかもしれません。そして、ここでもまた思うのは、多かれ少なかれ、どんな作家の場合にも、こんな疑似洗脳体験が生じているのではないかということでもあります。

⑥太宰治『斜陽』

〜こんなに丁寧に話すんですか？

志賀直哉のいじめ？

太宰治と志賀直哉はこの本でもメインプレーヤー、たくさん登場するのですが、実は生前の二人は犬猿の仲でした。といってもライバルというような関係ではありません。志賀直哉はすでに文壇の中心的存在で、圧倒的な風格と権威を見せつけたのに対し、太宰の方は欲しくて仕方がなかった芥川賞ももらえず、人気はあったもののまだ地位は不安定。しかも生活上は飲酒癖、女性問題などさまざまな波乱要因がありました。

志賀の方はそれほど太宰を抑圧しようという気持ちはなかったようですが、太宰には被害者意識があり、死の直前の「如是我聞」というエッセイでは、志賀のスタイルや自分の作品に対するコメントをあげつらって、子供っぽいほどの露骨な悪口を書き連ねています。そのせいか、世間でも志賀が太宰をいじめているという印象を持った人はいたようです。

おもしろいことに、文章の書き方にもそんな二人の対照性があらわれています。志賀は男性的で簡潔な歯切れのよさと、静かな内省とを特徴とした品のいい「名文」の書き手として崇拝されています。対して太宰は、女性を語り手に据えるのが得意で、やわらかさと柔軟性が持ち味。おもしろおかしく愛嬌もあって魅惑的だけど、ふにゃふにゃした腰抜けのようにも見える。

もちろん、志賀のそんな〝男らしさ〟にも実は裏があるということは先の章でも確認したわけですが、志賀という作家が少なくとも表向きはまじめで深刻な〝悩む瞑想家〟というスタンスを堅持していたのはたしかです。そんな志賀からすると太宰の描く上流階級は、いかにも軟弱な〝貴族ごっこ〟に見えた。「どうも、いかんねえ」と眉をひそめたくなる。田舎者が無理をしている、と感じられたようです。

この母娘、ぜったい裏がある…

この人たちのバカ丁寧さは何？


朝、食堂でスウプを一さじ、すっと吸ってお母さまが、

「あ」

と幽《かす》かな叫び声をお挙げになった。

「髪の毛？」

スウプに何か、イヤなものでも入っていたのかしら、と思った。

「いいえ」

お母さまは、何事も無かったように、またひらりと一さじ、スウプをお口に流し込み、すましてお顔を横に向け、お勝手の窓の、満開の山桜に視線を送り、そうしてお顔を横に向けたまま、またひらりと一さじ、スウプを小さなお唇のあいだに滑り込ませた。ヒラリ、という形容は、お母さまの場合、決して誇張では無い。婦人雑誌などに出ているお食事のいただき方などとは、てんでまるで、違っていらっしゃる。弟の直治《なおじ》がいつか、お酒を飲みながら、姉の私に向ってこう言った事がある。

「爵位《しゃくい》があるから、貴族だというわけにはいかないんだぜ。爵位が無くても、天爵というものを持っている立派な貴族のひともあるし、おれたちのように爵位だけは持っていても、貴族どころか、賤民《せんみん》にちかいのもいる。岩島なんてのは（と直治の学友の伯爵のお名前を挙げて）あんなのは、まったく、新宿の遊廓《ゆうかく》の客引き番頭よりも、もっとげびてる感じじゃねえか。こないだも、柳井《やない》（と、やはり弟の学友で、子爵の御次男のかたのお名前を挙げ

結局、これかあ

どアップすぎてわかりにくい！

『斜陽』はやりすぎ？

実際、『斜陽』のような作品の書き方は、今の私たちからするとかなり極端に見えます。冒頭部はとくにそうです。

朝、食堂でスウプを一さじ、すっと吸ってお母さまが、
「あ」
と幽《かす》かな叫び声をお挙げになった。

「お母さま」や「お挙げになった」という語の「お」だけでも、「うわぁっ」とのけぞる人がいるかもしれません。こんな言葉を使う人は今、身の回りにはほとんどいません。現代の言葉は、ひたすら省略と短縮の方向に進んできました。「コンビニエンス・ストア」は「コンビニ」。「ファミリーレストラン」は「ファミレス」。これは単に長い言葉が嫌われるという話ではなく、型にはめられ、約束ごとに縛られてきた日本語が、よりインフォーマルでカジュアルになり、くびきから解放されて自由に振る舞おうとしているということを示すように思います。

言葉の使い方には、おのずとその人の〝態度〟が露出します。「就職活動」を「シューカツ」と言い換えるようになった背景には、かつて学校の先生を「せんこー」と呼んだ不良少年がそうであったように、「んなもの、どうってことねえぞ」というデモンストレーションの気概がこめられています。少なくとも使いはじめはそうである。日本語の場合、言葉の〝正式な形〟を意図的に変更し、短くしたり省略したりひっくり返したりすることで、多少なりと権威への抵抗や、斜に構えたスタンス、脱力や親しみなどを態度として見せることができます。

では、逆に言うと、「お母さま」というふうに、母に「お」と「さま」をつける語り手にはいったいどんな〝態度〟が読み取れるのでしょう。「んなもの、どうってことねえぞ」とつっぱるスタンスとは対照的に、畏れや敬い、まじめで杓子定規な権威への忠誠心などが読み取れるということになるでしょうか。

『斜陽』が太田静子の日記(のちに『斜陽日記』として出版)を元ネタにしていることはよく知られています。第二次大戦後、ある貴族の一家が没落し、食べるにも困るようになって、やがて娘も息子も堕落の道を転げ落ちていく、そのさまを哀切感とともに描いた『斜陽』の背後には、太田静子が生きた世界があったと言われています。

不器用へのこだわり

でも、太田静子の日記を『斜陽』という小説作品に書き換えた太宰には、やはり独自のこだわりがありました。それがこの「丁寧さ」のしつこいほどの強調にあらわれていると私は思います。一般的に言えば、「お母さま」や「お挙げになった」といった言葉遣いには、まじめさやフォーマルなものへの忠誠心があらわれていると考えていいでしょう。『斜陽』の語り手の人物設定にもそうした要素はたしかにあります。ただ、それよりも大事なのは、「お」や「さま」を挿入することにより表現されるある種の不器用さではないかとも思います。

日本語では言葉をより丁寧でよりフォーマルなものにすると、言葉の〝嵩《かさ》〟が増えます。〝嵩〟が増えれば、当然面倒くさくなる。手間も時間もかかるし、意味もぼやけやすい。直接的というよりは間接的。まどろっこしくて、わかりにくい。効率という観点からすると、はっきり言って無駄で不経済なのです。

その結果、この冒頭部のような語り手は、言葉の使い手としてはあまり能力が高くないとも思えてしまうかもしれません。短縮された言い回しからは、抵抗や反逆の身振りだけではなく、どことなく世慣れたストリートワイズさや、しゅっしゅっとスピーディに物事をこなすような手際のよさが感じられることが多い。それとは対照的に、バカ丁寧に語る人はときとして愚鈍で間が悪いという印象を与えます。

しかし、そこで考えてみて欲しいのですが、そもそも私たちは小説の主役級の人物にはどういう能力を期待するでしょう。たしかにスーパーマンのような人や、「何でもお見通しだぜ」とつぶやきそうな洞察力を備えた人も（とくにエンターテインメント的な作品には）出てくるかもしれません。でも、多くの小説では中心人物は何らかの弱みや傷や欠損を抱えているのではないか。少なくとも何らかの葛藤や抑圧がある。そして、多くの場合、語り手はそうした部分をちゃんと見破っている。

近代小説の大きな特徴として、自我の葛藤を描くとか、内面に深入りするといったポイントがあげられます。それが約束事として、人物のリアリティをも保証してきました。どうやら、人の心の中をのぞくことができると、私たちはほっとして「ああ、ここに本物の人がいる」と思ってしまうらしいのです。しかし、そんなふうに中をのぞいた気になるためには、内面の何を、どこを見ればいいのでしょう。いったいどんな部分を垣間見ることで私たちは「たしかにこの人の中を見たぞ」と満足するのか。

そこで大事になるのが否定的な部分ではないかと私は思うのです。つまり、その人物の心のうちを「たしかに見た」と確信し、そのことで「ここに本物の人がいる」と納得するためには、その人の強さや輝かしさよりも、弱さや傷や欠損を発見すること こそが大事になってくる。近代の小説の内面主義は、そんなわけで、しばしば劣等感や罪の意識を曝くことが多いのです。不思議と言えば不思議なことですが、私たちは人間の不完全さを目撃することでこそ、より強烈に人物の迫真性を感じ取るのではないでしょうか。

過剰に見てしまう人

こう考えてくると、『斜陽』の語り手がいかにも回りくどくて要領を得ない、少し愚鈍な人物のように見えるのは、この作品の世界への第一歩としてはとても大事だったのではないかと思えてきます。この人は言葉が不自由な語り手なのです。これは読者からするととても不便ですが、『人間失格』の項でも説明したように、語り手の中には失敗したりうまく物事を伝えそこねることでこそ、何かをこちらに伝えてくる人がいるのです。失敗することでしか、伝えられないものもある。この語り手もそういう何かを持っている。

先の引用で言えば、丁寧さだけではなく、「スウプを一さじ」とか「幽かな叫び声」

といった一節も要注意です。語り手は、このように微細なものに注目してしまう人なのです。「スウプ」のひとすくいとか、母親の小さな発声などにいちいち目がいったり、耳をそばだてたりしてしまう語り手。そこには注意力の鋭敏さがあり、知覚能力の高さがありますが、この人はそうやって感じ取ったことをうまく自分の中で消化し理解する術まではわきまえていないものだから、つい、外からの刺激に過剰に反応してしまう。些細な出来事にいちいちびっくりしたり、余計な心配をしたり、そのために不安に駆られたりもする。

生活をしていくうえでこれは明らかに不便です。情報というものは多ければいいというものではない。適切に取捨選択をし、必要な情報だけを取り出すようにしないと、いずれ私たちは過剰な情報の洪水に押し流されてしまう。この語り手にはそういう傾向があります。あまりに繊細で敏感なために、かえって世界とうまくつきあえなくなってしまう。世界に過剰に反応し、かえって世界の実像を見誤ってしまう。

次の部分もそうです。

お母さまは、何事も無かったように、またひらりと一さじ、スウプをお口に流し込み、すましてお顔を横に向け、お勝手の窓の、満開の山桜に視線を送り、そうしてお顔を横に向けたまま、またひらりと一さじ、スウプを小さなお唇のあいだに滑り込ませた。

「お母さま」「お顔」「お勝手」と言った語の過剰な丁寧さとちょうど平行するように、語り手の視線が、母親がスープを飲む仕草を不必要なほどの至近距離から一コマ一コマ舐めるように観察しているのがわかります。

この接近ぶりはいったい何を意味するのでしょう。その背後には複雑な事情が隠れていそうです。娘の母親への過剰な執着、不安、母親の側からの抑圧、秘密、性の芽生え……。過剰に接近する視線は、とりあえず語りがあまりに不器用で機能不全に陥りつつあることを示すでしょうが、それを通して、迫り来る運命のもたらす緊張感や、自身の無意識に発する不安といった、ふつうに語ったのでは表しきれない気配も伝わってきます。

作品中では、一家の没落はより現実的な不幸として襲いかかってくることになりますが、大事なのはそうした不幸の中で生ずる情緒や気分でもあります。ただ、太宰はそれを洗練された大人の視点から描くのではなく、翻弄される、いささか「弱い語り手」を通して描いた。「弱い語り手」がいかに不器用に、いかに無駄な過剰さとともに世界をとらえそこねるかを通して、ある特異な世界の見え方を表現しようとした。これは『人間失格』と同じやり方です。いや、おそらく太宰という作家にとっては、そうした書き方こそが天分であり、持ち味だったのでしょう。

No. ....

コラム

先人のいじり
～高橋源一郎『文学じゃないかもしれない症候群』より

高橋さんもいじりの名人。蓮實重彦さんが一見強面で、でも実はこっそりほくそ笑んでいそうなのに対して、高橋さんはいかにもふざけていそうなわりに、実はけっこうまじめです。

そのまじめさは作品の読み方にもあらわれています。高橋さんは太宰治の数ある作品の中でも「親友交歓」が好きだと言います。なぜか。この作品は「親友」と称する変な男が作家の家を訪問し、酒を出せ、とか、配給の毛布を出せなどと散々無礼な振る舞いをしたあげく、「威張るな！」と言って去って行く話です。何だか滑稽で、珍妙で、ほとんど不条理。

でも、高橋さんはこの作品の「威張るな！」の背後にあるものを次のように説明します。「ものを書くということは、きれいごとをいうということである。あったかもしれないしなかったかもしれないようなことを、あったと強弁することである」「自分は正しい、自分だけが正しいと主張することである」。これに対し、太宰を訪れた

No.

「親友」はものを書かない人の代表。ものを書く人とものを書かない人との間にある、この超えられないギャップはとても簡単には語り得ぬものだけど、太宰はこの「親友」の「威張るな！」を通して、これしかないという何かを表現したのだ、と高橋さんは言うのです。そしてこれを高橋さんは「他者への想像力」と呼びます。もちろん、とてもマジな話です。

⑦谷崎潤一郎『細雪』

〜一筋縄ではいかないあらすじ

『細雪』は優等生？

『細雪』は谷崎潤一郎の代表作と言われる作品です。何しろ文豪谷崎。あの「大谷崎」です。その代表作ともなれば「近代日本文学屈指の傑作！」といった売り文句がついてきます。私の身の回りにも「やっぱり『細雪』はすばらしい！」と口にする人がたくさんいます。

ただ、この「やっぱり」は少し気になります。こうした賞賛に「やっぱり」との一言がはいってきやすいのはなぜでしょう。たしかに『細雪』はその出版当初から評判が高く、高名な小説家や批評家、学者からも優れた作品として賛美され、文句をつけようのない「名作」という地位を獲得してきました。でも、この小説は――ときとして学校の優等生がそうであるように――いつの間にか目にかけてもらえなくなる運命をも持っています。

『細雪』が損をしているとしたら、それがあまりに作品として安定しているためです。なめらかで優美な読み心地。登場人物の巧みな描写。ほどよい展開感。時代風俗の的確な導入。印象的な細部。どれをとっても文豪谷崎の洗練ぶりをあますところなく示すものばかりです。

でも、あまりに見事に完成された小説は、「この作品を一生懸命ディフェンスしよう！」とか「何としてでもその良さを人々に知らしめよう」という気をおこさせないかもしれません。むしろ『細雪』は、まあ、評価されて当然だから放っておこうや」というような、どこか弛緩したような油断したような空気がそのまわりには漂ってしまいます。よくできて当たり前。いちいち褒めるまでもない。まさに不幸な優等生そのものです。

久しぶりにこの小説を読み返した人がつぶやく「やっぱりすばらしい！」という変な感慨の「やっぱり」には、そうした優等生に対する釈明のようなものがこめられているように思えます。「ごめんな、『細雪』。何となく言うの忘れてたけど、おまえはやっぱりすごいよ」とでもいうような。

「であろう」って、誰が思うてるん？

いっぺんにみんな出てきた～ 目がまわる！

「こいさん、頼むわ。――」

鏡の中で、廊下からうしろへ這入《はい》って来た妙子《たえこ》を見ると、自分で襟《えり》を塗りかけていた刷毛《はけ》を渡して、其方《そちら》は見ずに、眼の前に映っている長襦袢《ながじゅばん》姿の、抜き衣紋《えもん》の顔を他人の顔のように見据えながら、

「雪子ちゃん下で何してる」

と、幸子はきいた。

「悦ちゃんのピアノ見たげてるらしい」

――なるほど、階下で練習曲の音がしているのは、雪子が先に身支度をしてしまったところで悦子に掴《つか》まって、稽古《けいこ》を見てやっているのであろう。悦子は母が外出する時でも雪子さえ家にいてくれれば大人しく留守番をする児であるのに、今日は母と雪子と妙子と、三人が揃《そろ》って出かけると云うので少し機嫌《きげん》が悪いのであるが、二時に始まる演奏会が済みさえしたら雪子だけ一と足先に、夕飯までには帰って来て上げると云うことでどうやら納得はしているのであった。

「なあ、こいさん、雪子ちゃんの話、又一つあるねんで」

「そう、――」

姉の襟頸《えりくび》から両肩へかけて、妙子は鮮《あざや》かな刷毛目《はけめ》をつけてお白粉《しろい》を引いていた。決して猫《ねこ》背《ぜ》ではないのであるが、肉づきがよいので堆《うずたか》く盛り上っている幸子の肩から背の、濡《ぬ》れた

じろじろ見てます…

『細雪』の「あれれ？」なところ

しかし、この「やっぱり」には今一つの含みがあります。『細雪』には意外と手強い部分があるのです。私たちは『細雪』をつい読み心地のいい、人情味にあふれる、しみじみと健康的な文学として受け入れそうになる。ところがよく見てみると、そうしたおあつらえ向きの褒め言葉ではどうもうまく説明しきれない、あれれ？　というようなところがあるのです。

冒頭部にもそうした「あれれ？」は十分に出ています。

「こいさん、頼むわ。――」

鏡の中で、廊下からうしろへ這入《はい》って来た妙子《たえこ》を見ると、自分で襟《えり》を塗りかけていた刷毛《はけ》を渡して、其方《そちら》は見ずに、眼の前に映っている長襦袢《ながじゅばん》姿の、抜き衣紋《えもん》の顔を他人の顔のように見据《みす》えながら、

「雪子ちゃん下で何してる」

と、幸子《さちこ》はきいた。

この冒頭を一読してすぐに意味がとれる人が、いわゆる〝日本語ネイティブ〟でもいったいどれくらいいるでしょう。「こいさん、頼むわ。――」という台詞の意味は「こいさん」が大阪弁で「末の女の子」を指すことさえわかれば、まあ、単純です。でも、その後はどうでしょう。まず、これは誰の発言なのか？　相手は誰？　何を頼んでいる？　たった数行の中に「こいさん」「妙子」「雪子ちゃん」「幸子」と四つも呼び名が出てくるだけに、混乱はより大きいです。思わず目が回りそうになる。まるで最初の一文で、重要人物をみんな登場させてしまおうとするかのようです。

これに加えて「誰？」が明かされる前に、「見ると」「見ずに」「見据えながら」というふうに「見る」という動作についての語も何度も繰り返し出てきます。「こいさん、頼むわ。――」という発言は明らかに相手に向かって発せられた言葉です。誰かとのかかわりを果たしている。行為とも活動とも言える。これに対し、目の動きはあくまでこっそりおこなわれているようです。明確に出来事として記録されるのかどうか微妙な、言ってみれば裏の行為です。ここでは表にでる行為と、裏に潜んだ行為との両方が並立しているようにも見えてくる。

つまり、私たち読者は二つの不明瞭さに直面しているのです。行為の中心にいるのはいったい誰なのか。ここで言われたり、おこなわれたりすることを誰の立場からまとめたらいいのか。これが一つめ。それから、より微妙な問題ですが、そもそもこの小説ではどんな行為にスポットがあたるのか。人々がどんどんしゃべり、かかわり合い、あれこれ活動し、そのことを通して出来事が展開していくところが読みどころなのか、それとも、人々があれこれかかわり合うのを、ちょっと離れたところからじっと見ている人がいて、この「観察」こそが大事なのか。別の言い方をすると、この小説は行為と冒険からなるいわゆる「ロマンス」なのか、それとも観察や心理の襞からなる「ノヴェル」なのか、ということです。

主人公は誰？

ここであらためて確認しておきたいのが、『細雪』があらすじをまとめにくい作品だということです。ためしにウィキペディアやブリタニカを見てみてください。『細雪』の内容を説明するのに、「日常生活の悲喜こもごも」とか「命運」とか「風俗」といった表現が使われていますが、これは典型的に、それとわかる明瞭なプロットがないときに使われる言い回しです。もちろん、何も起こらないわけではない。たしかにいろいろなことは起こるのだけど、どれが大事なのか、どれが骨をなすのか、そのあたりをどうまとめるかが案外に難しいのです。

『細雪』の中心には明確な関心事はあります。雪子の結婚です。もう三十になってしまった雪子をどうやって嫁がせるか。これが小説の出だしから話題になり、登場人物や読者に共有された注目ポイントとして物語を引っ張っていきます。当時の社会的な慣習からするととっくにお嫁に行っていていいはずの三十を過ぎた良家の美人の女性が、なかなか嫁ぎ先が決まらない。まわりもやきもきして、いろいろな「候補」の情報を持ちより、あれこれ検分している。お見合いもおこなわれたりする。でも、そのたびに何かしらの障害が生じます。

近代小説には、結婚の成就が争点となるものがたくさんありました。まずは『高慢と偏見』『分別と多感』など、ジェーン・オースティンの一連の結婚小説が思い浮かぶかもしれません。近代小説の原型をなしたのは、「主人公がいったい誰と結婚するのが正解なのか？」との問いでした。

しかし、『高慢と偏見』のように女性主人公のお相手の男性候補が十分にスポットを浴び、二人のかかわり合いが目立つ作品とは違い、『細雪』の雪子の前には次から次へといろんな候補があらわれます。そのため、小説全体のプロットを背負うほどの焦点化がおきない。むしろ縁談の持ち込みやお見合いに伴う手続きや準備、噂や情報や意見の表明などを通して、雪子の周囲にいる人物がどんどんわりこんでくるため、雪子が行為をなす中心人物として――「結婚」という冒険物語の主人公として――立ち上がりにくい。

こうしてみると、冒頭部の「誰?」をめぐるあいまいさが、この作品全体に行き渡るあいまいさとセットになっているということがわかります。冒頭の文では、主語が幸子であることは文末まで読むとわかるのですが、にもかかわらず一つの文の中にいろんな人が入れかわり立ち替わりあらわれて、どの人がほんとうの中心人物なのかがはっきりしない。それと同じように『細雪』という小説は、何となく幸子を視点の中心にすえつつも、どうも明確に「誰?」や「何?」を示さない形で進行していくらしいのです。冒頭部はそれをかなり濃厚に示していた。でも、それで読者はついていけるのでしょうか? どうしてそれで小説としての体をなすのでしょうか。

この問いに対する答えを示してくれるのが、次の箇所です。

――なるほど、階下で練習曲の音がしているのは、雪子が先に身支度をしてしまったところで悦子に掴《つか》まって、稽古《けいこ》を見てやっているのであろう。

ここで「なるほど」とか「のであろう」と、まるで「うんうん」と頷くような態度を示しているのはいったい誰なのでしょう。ふつうに考えれば、ここは地の文なので語り手の態度だということになりそうです。でも、語り手が明確にキャラクターを備えた人物として登場する気配はありません。ところが、それにしては自分の態度を差し挟んでくるように思える。

> 悦子は母が外出する時でも雪子さえ家にいてくれれば大人しく留守番をする児であるのに、今日は母と雪子と妙子と、三人が揃《そろ》って出かけると云うので少し機嫌《きげん》が悪いのであるが、二時に始まる演奏会が済みさえしたら雪子だけ一と足先に、夕飯までには帰って来て上げると云うことでどうやら納得はしているのであった。

「……であるのに」とか「……のであるが」とか「……と云うことでどうやら納得はしているのであった」など逆接や理由説明が頻繁に入り、いちいち「これは私が判断しているのですよ」と示唆しているように感じられます。しかし、小説を読み進めていよいよはっきりするのは、そんな判断をする「私」がどこにもいないということです。それでいて、おもしろいことに、そういう状況を私たち読者はけっこう易々と受け入れてしまいます。

どうしてそんなことが起きるのでしょう。そんな無責任な話はないとも思える。ただ、この引用部ですでにわかると思うのですが、語り手の判断の土台にあるのは、実はここに出てきた雪子や妙子や幸子といった人物たちの内面らしいのです。語り手は決して彼女たちとぴったり重なるわけではないのだけど、いつの間にか彼女たちの気分や考えや判断を引き受けている。その中心には幸子がいて、多くのことが彼女の目を通して語られているのですが、姉妹が共有する空気のようなものも共有された全体として表現されています。ときに応じて誰かの意見にスポットをあてて、たとえば「雪子はこう思った」というふうに明確に限定的に示すこともあるけれど、しばしばこの冒頭部のように、語り手が自分の口調にあいまいに人物たちの態度をまぜ込んでもくる。そうやって、どこにも明確に所属しないまま匿名で「意見」を代弁し続けるのです。そのため、語りには何とも言えない浮遊感というのでしょうか、どこにも属さない、境目のはっきりしない気分が漂います。

したがって、何となく私たちは物語の切迫感のようなものを感じにくいかもしれません。特定の行為者に同一化することで葛藤にチャレンジする、というパターンの読書は『細雪』からは生まれにくいのです。しかし、小説を読むための方法はもちろんそれだけではありません。たとえばここで「感情移入」を単なる同一化と区別してみると、見えてくるものがあります。

なぜみんな病人？

『細雪』の不思議な特徴として言えるのは、登場人物が頻繁に病気になることです。幸子、雪子、妙子といった主要人物はことごとく身体的不具合を訴えますし、悦子や脇役の男たちもさまざまな病を得ます。妙子の男友達の板倉のように、ひどい死に方をする人もいます。なぜこんなに病気が蔓延するのか。

実はこれは病気そのものが多いというより、『細雪』という小説が、病気が目につくような書かれ方をしているせいだと私は思います。病に対する怖れや、病を得て弱った人に対する感情がたっぷりと表現され、そうした「反応」を通してこそ、病が際立つ。

ここで鍵になっているのは、いたわりなどの感情と連動する「感情移入」です。考えてみれば、近代小説はまさにこの「sympathy　感情移入」を武器にしたジャンルでした。ある人が何を考え、感じているのか。それが他者にもわかるはずだ、という発想が小説というジャンルの土台にはあった。その読解に正当性を与えたのが感情移入の能力だったのです。『細雪』でも、病発生に伴うさまざまな感情の動きが人物同士の意図の読み合いなどと連動しながら読み所をつくっていきます。

感情移入をするのは小説家や語り手だけではありません。心理の襞にわけいるような語りが駆使される小説は、その全体に「感情移入」的な空気が流れる。人物同士の間にも、やさしさや思いやりから、恨み、詮索、意図の読み合いといった、さまざまな心理をめぐる〝読解〟の要素が入ってくる。もちろん、読者もこの空気に感染します。私たちは語り手に導かれる形で人物たちの心の動きを丁寧に追ううちに、心理に敏感に反応する心の構えのようなものを強いられるようにもなるのです。そして、まさに語り手自身がそうであるように、人物たちの気分や感情や情念を敏感にかぎとり、しかもそれをいちいち言葉にしたりはしないまま、ただただ、その流れに呑まれていく。

そもそも感情移入というのは、本来なら明確に線を引いたり、合理的に明瞭に言葉にしてしまえるはずのものを、あくまで相手のもやもやを優先するかのようにして言葉にせずにおくことを意味します。そうすることで、本人の気分をより忠実に追体験する。人間の心理を合理的に説明できてしまうのなら、小説などというジャンルはいらないわけです。いかに言葉になりにくいものを、言葉を使いつつも明瞭な言葉にせずに表現するかが小説家の腕のみせどころである。

『細雪』という小説は、まさにこのもやもやぶりにおいて傑出しています。一見、人物を据え、細部を満たし、出来事を描いているようでいて、実際にはえもいわれぬ気分や感情があちこちからあふれ出してくる。私たちは表向きは「雪子はいかに結婚するんでしょうねえ？」という問いにつられるようにしてプロットを追うわけですが、同時に、そのプロットの周辺からわき出してくる目に見えないガスのような気分の方をも体験している。下手をすると、後者の方が大事であるのかもしれない。そうすると、何を持って『細雪』を読んだとするのか、何を持って『細雪』はすごい！　と断ずるのかというのがとても微妙になってきます。もちろんここで大きな役割を果たしているのが、いろんなものに憑依してしまえる、とらえどころがなくて実体のひどく不明な、あの語り手だということは間違いありません。

⑧谷崎潤一郎「刺青」

～劇場的な語り口

語り手の多弁

谷崎潤一郎の作品はすでに晩年の代表作『細雪』を取り上げましたが、こちらは初期の代表作です。初期の作とは言いながらむしろ『細雪』よりもそれとわかる強烈な傾向がよく出ているため、作家の個性を読みとりやすい作品になっています。

「刺青」の強烈さは冒頭から明瞭です。後で取り上げる芥川の「羅生門」と同じく、「え？　これで小説？」と言いたくなるような語り口ではじまります。何だか大げさで、もったいぶっていて、じじ臭くて、偉そうでもある。威圧的だけど、ぺらぺらと饒舌でもある。

あーあ。いいのかねえ

気になりますねえ

其れはまだ人々が「愚《おろか》」と云う貴い徳を持って居て、世の中が今のように激しく軋《きし》み合わない時分であった。殿様や若旦那の長閑《のどか》な顔が曇らぬように、御殿女中や華魁《おいらん》の笑いの種が盡きぬようにと、饒舌《じょうぜつ》を売るお茶坊主だの幇間だのと云う職業が、立派に存在して行けた程、世間がのんびりして居た時分であった。女定九郎、女自雷也、女鳴神、――当時の芝居でも草双紙でも、すべて美しい者は強者であり、醜い者は弱者であった。誰も彼も挙《こぞ》って美しからんと努めた揚句は、天稟《てんぴん》の体へ絵の具を注ぎ込む迄になった。芳烈な、或は絢爛な、線と色とが其の頃の人々の肌に躍った。

馬道を通うお客は、見事な刺青《ほりもの》のある駕籠舁《かごかき》を選んで乗った。吉原、辰巳の女も美しい刺青の男に惚れた。博徒、鳶の者はもとより、町人から稀には侍なども入墨《いれずみ》をした。時々両国で催される刺青会では参会者おの〳〵肌を叩いて、互に奇抜な意匠を誇り合い、評しあった。

清吉と云う若い刺青師《ほりものし》の腕きゝがあった。浅草のちゃり文、松島町の奴平《やっぺい》、こんこん次郎などにも劣らぬ名手であると持て囃されて、何十人の人の肌は、彼の絵筆の下に絖地《ぬめじ》となって擴げられた。刺青会で好評を博す刺青の多くは彼の手になったものであった。達磨金《だるまきん》はぼかし刺《ぼり》が得意と云われ、唐草権太は朱刺《しゅぼり》の名手と讃えられ、清吉は又奇警な構図と妖艶な線とで名を知られた。

もと豊国国貞の風を慕って、浮世絵師の渡世《とせい》をして居たゞけに、刺青師に堕落してからの

ファンタジーの匂いが！

この語り手、しゃべりすぎだよね…

劇場的な語り口

冒頭から、「ドロドロドロ〜♪」とＢＧＭが聞こえてきそうです。講談的というのでしょうか、大勢の読者を意識しつつ舞台の上でスポットを浴びて語っているような、劇場的な語り口になっています。

> 其れはまだ人々が「愚《おろか》」と云う貴い徳を持って居て、世の中が今のように激しく軋《きし》み合わない時分であった。殿様や若旦那の長閑《のどか》な顔が曇らぬように、御殿女中や華魁《おいらん》の笑いの種が盡きぬようにと、饒舌《じょうぜつ》を売るお茶坊主だの幇間だのと云う職業が、立派に存在して行けた程、世間がのんびりして居た時分であった。

私たちがこれを読んで「え？　これで小説？」と思ってしまうのは、この語り口のあけっぴろげな声高さに違和感を覚えるからです。また、その声高さとも連動しているのですが、大げさな語り口を通して露骨な〝興奮〟が演出され、語り手が事態をはやし立てているように聞こえるという点も「ん？」と思う要因です。

秘密と悩みと近代小説

すでに触れたように、近代小説というジャンルには独特の密やかさや内面性が伴ってきました。誰も知らない個人の秘密をこっそり告白したり暴いたりするところから、小説ならではの深刻さやまじめさが生まれます。秘密とは、決しておもしろおかしいものではないのです。何しろ今まで封印されてきたものですから、見たり聞いたりしたくないもの、忌まわしいものなのです。秘密を告げる側にも、告げられる側にも葛藤や悩みが出てくる。「どうしよう……」と思ったり、「何をしたらいいんだろう？」と悩んだりする。

ところが「刺青」の語り手ときたらどうでしょう。

当時の芝居でも草双紙でも、すべて美しい者は強者であり、醜い者は弱者であった。誰も彼も挙《こぞ》って美しからんと努めた揚句は、天稟《てんぴん》の体へ絵の具を注ぎ込む迄になった。芳烈な、或は絢爛な、線と色とが其の頃の人々の肌に躍った。

「美しいものが強者」で「醜い者は弱者」なんて、さらって言っています。いいんでしょうか？　と思ってしまう。そんな理屈で押し通すなら、はじめから悩みは生まれません。美しい者が必ずしも強者ではなく、醜い者が必ずしも弱者ではないところに世界のおもしろみがあるし、そこからこそ〝文学〟が生まれるのでは？……近代小説を読む私たちはそんなふうに信じてきたのです。

私たちが知っている〝文学〟は、私たちの惰性的な世界観をひっくり返します。絶対的だと思えた価値を相対化し、常識的な意味に揺さぶりをかけ、たとえばすいすいと世の中を渡っているように見える人が、とんでもなく病んだ内面を抱えていることを暴露したりする。近代小説はそうやって人間というものが一見した以上に複雑なものであることを示し、善とは何だろう？　悪とはそもそも何だろう？　とあらためて考えさせます。美醜も強弱も、生死も貧富も、あるいは男女だって、実はその境い目がよくわからないものばかりだと思えてきます。

何しろ常識を覆し、読んでいる側を不安にさせるわけですから、痛快な話にはならない。むしろもやもやして、読んだ後すっきりしない。それが小説の読み心地というものです。作品はしかめっ面をしているように見えるかもしれません。文章のリズムにはブレーキがかけられ、一つのことを言うのにも、ああでもないこうでもないと紆余曲折があります。意味もつねに逆転可能性にさらされている。白が黒になったり、黒が白になったりして不安定です。結果、語り手が口ごもったり、言い直したり、妙に寡黙になって言いたいことをはっきり言わないということも出てきます。

では、「刺青」はどうでしょう。少なくとも冒頭部を見る限り、「其れはまだ人々が「愚」と云う貴い徳を持って居て」というところを通過すると、文章は何だかきらびやかで派手で、勢いがよく、価値観としても美＝強者、醜＝弱者なんていう身も蓋もない枠組を肯定しているように見えます。さらには「誰も彼も挙って美しからんと努めた揚句は、天稟の体へ絵の具を注ぎ込む迄になった。芳烈な、或は絢爛な、線と色とが其の頃の人々の肌に躍った」なんて勢いにまかせたような弁舌になる。大衆迎合的で軽薄。深刻さとはほど遠い。こんなものをありがたがって読む必要があるのでしょうか。

しかし、丁寧に読んでいくと、「其れはまだ人々が「愚」と云う貴い徳を持って居て……」という一節の意味がじわじわと効いてきます。どうやら「刺青」の語り手は〈美＝強者〉、〈醜＝弱者〉という価値観を能天気に称揚しているわけではなさそうなことがわかってきます。そもそもこのような価値観は、過去の特殊な場所と時間の中で設定された一種のファンタジーとして語られています。後で取り上げる「羅生門」がファンタジーとしてはじまっているのと同じように、この語り手はわざと近代小説の外の世界を舞台に設定している。なぜそんなことをするのでしょう。

〈魔性の女〉の機能

「刺青」の主人公は清吉という腕の立つ刺青師です。世は「人は見かけがすべて」とでもいう風潮に毒されている。もともとは浮世絵師だったけど、「堕落して」刺青を彫るようになったとされています。

清吉にはいかにも腕利きの職人らしいこだわりがありました。彼が気に入った肌と体格を持った人間にしか刺青をほどこさないのです。また、彼の描く刺青は豪華絢爛でたいへん美しいけれど、その針はとても痛いという。刺青をほどこされる人は苦痛にのたうつというのです。

何とも極端な話です。まるでおとぎ話のよう。そんなおとぎ話らしさは、話が前に進む際にも発揮されます。ある日、清吉は料理屋の前で、駕籠から美しい女性の足がはみ出しているのを目撃します。谷崎の足フェティシズムは有名ですから、ここで「ほら、きた!」と思う人もいるかもしれません。たしかにこの場面の足の描写はかなり凝っていて、ふつうの書き手とはちょっと違うこだわりを感じさせます。

清吉の想像力はこの美しい足を起点にむくむくとふくらんでいきます。女性の顔を見ることはかないませんでしたが、清吉はその美しい足のありさまを記憶に刻みつけます。いったい駕籠にはどんな人が乗っていたのか。その後も彼は憧れの気持ちを抱き続け、それがやがて激しい恋に変わっていったとさえいいます。

それから五年。清吉の元にある芸妓から使いの者がやってきます。清吉ははっとします。この使いはまだ十六、七歳の娘に見えるのに、まるで数々の男をもてあそんだかのような恐ろしい気配を漂わせているというのです。本文には「幾十人の男の魂を弄んだ年増のように物凄く整っていた」とあります。

そして清吉は気づくのです。この女こそが、あのときの美しい足の持ち主ではないか。娘の素足をじっくり検分しながら、清吉は間違いないという思いを強くします。本人に確認してみると、案の定、駕籠のいたあの料理屋を訪れていたらしい。まだ父親が亡くなる前、娘はそれなりの生活をしていたのです。

このあたりで例の価値観の揺さぶりのことを思い出してみましょう。近代小説に必ずといっていいほど伴う逆説や意味の揺らぎ。それが「刺青」の山場でもあらわれているではありませんか。若い娘なのに、練達の年増のような風情。可憐さや無垢さと、数々の男を喰ってきたかのような恐ろしい邪悪さ。語りには十分に対象を言葉にしきれないようなもどかしさが見えます。類型的な価値感に乗るかと見えた物語が、一筋縄ではいかない複雑な女性の登場をきっかけに、おとぎ話的なわかりやすさの先へと歩を進めたかのようです。

でも、果たしてこんな女性がほんとうに存在するのでしょうか？

ここで語り手が冒頭でかけた保険が生きてきます。そもそもこの話は、遠い時間、遠い場所に設定されていたのです。だから、少々変なことが起きても受け入れられる。少々極端な描写でも何とかなる。彼女の登場を準備したふつうならありえない展開――駕籠から垣間見た足に恋し続けて五年後についにその足を持った女性を発見、しかもその少女が若い娘とは思えないような妖艶さを漂わせている――はこうして作品の中心部へとつながっていくのです。

清吉はこの女の肌に是非とも彫り物をほどこしたいと思います。それは娘の隠し持っている本性を、表に引き出すということをも意味します。娘は怯え、家に帰して欲しいと懇願しますが、清吉は薬を使って娘を眠らせ、腕によりをかけて刺青を彫っていきます。意味ありげな時間が流れ、刺青は完成、仕上げの湯を浴びた娘は苦痛にのたうちますが、やがて別人のようになり、果たして清吉の予告通り恐ろしい邪悪な顔をみせるようになる……。

〈個人の内面〉の向こうにあるもの

ここで次のような意見を持つ人もいるかもしれません。たしかにこの作品には美醜や老若、強弱、善悪をめぐる逆説が散りばめられているが、全体を通して筋書きはいかにもご都合主義的であり、多くの近代小説が依っているリアリズムの作法とは相容れないのではないか？　価値観の転倒や意味の揺らぎのみをもって、この作品の小説らしさの支えとするのはいささか無理があるのではないか？

そうした意見に対しては、私は決定的な反論は持ち合わせてはいません。おっしゃる通り、たしかにファンタジー的な展開ではあります。ただ、この語り手の熱気には、おとぎ話的な展開に見られがちな盛り上げとは異なる、過剰な調子の良さが読み取れるということだけは指摘しておいてもいいように思います。冒頭から語り手には何だか無責任にも見えるような多弁さがありましたが、いろいろな名前やイメージが錯綜して目がちかちかするような散逸的な作品世界を作りあげることができたのは、そんな語り手の幾分いかがわしいような多弁さがあればこそです。そして、そんないかがわしさはいうまでもなく納得ずくの上で設定されてもいる。

「刺青」は一人の内面に深く潜りこむことで、何らかの〝リアリティ〟を読者に確信させるという手法はとっていません。対立する価値観の拮抗も、一人の内面の中で起きているのではない。むしろ、内面の個別性への依存からは、この語り手は自由であるように見えます。同じ著者の手になる晩年の『細雪』とも共通する特徴です。そのかわり、一人の語り手であるにもかかわらず、いろんなものをいっぺんに見ているような視線の懐の深さが備わっているのです。

これは語り手だけについて言えることではありません。刺青師も娘も、お互いが心理の垣根を越えて相手に乗り移り合うことで、共有された世界を生きているのです。そこでは、相手の思うことをまるで自分のことのように理解してしまうことが可能になる。拒絶と受け入れも、いとも簡単に逆転しえます。そこに表現されるのは、個人と個人の集合から作られた社会とは違う、たいへんふくよかで、賑やかで、彩りの豊かな世界です。まるで巨大な一つの心理が世界を覆っているかのようです。そして、まさにこれが「人々が「愚」と云う貴い徳」を備えていた時代だったらしいのです。

そういうわけで、「刺青」に見られる意味の逆転や転倒は、西洋個人主義に基づいた小説に見られるような意味の不安定さとはひと味違うものになっています。そこには「悩み」や「深刻さ」もない。屈託のない享楽性が作品世界に行き渡っているのです。それはむしろ近代小説の次に来るべきものを予告しているのかもしれません。

⑨川端康成『雪国』

～美しい日本語だと思いますか？

間が悪い冒頭？

『雪国』は、日本人としてはじめてノーベル文学賞を受賞した川端康成の代表作。まさに純文学中の純文学と言えるでしょう。とりわけ冒頭部は有名なので、どこかで見たことがあるという人も多いはずです。何と言ってもノーベル文学賞ですから、受賞対象となった作品は日本的美意識を体現し、冒頭部も美しい日本語の典型例となっていると考えたくなるところです。

しかし、果たしてこの見方は正しいのでしょうか。次の部分を読んで、ああ、美しい、何と立派な日本語だ、と素直に反応できる人はどれくらいいるでしょう。

チョー有名な出だし

でも何か、間が悪くない？

国境の長いトンネルを抜けると雪国であった。夜の底が白くなった。信号所に汽車が止まった。

向側の座席から娘が立って来て、島村の前のガラス窓を落した。雪の冷気が流れこんだ。娘は窓いっぱいに乗り出して、遠くへ叫ぶように、

「駅長さあん、駅長さあん。」

明りをさげてゆっくり雪を踐んで来た男は、襟巻《えりまき》で鼻の上まで包み、耳に帽子の毛皮を垂れていた。

え、島村さんはどこ？なひととき

もうそんな寒さかと島村は外を眺《なが》めると、鉄道の官舎らしいバラックが山裾《やますそ》に寒々と散らばっているだけで、雪の色はそこまで行かぬうちに闇《やみ》に呑《の》まれていた。

「駅長さん、私です、御機嫌《ごきげん》よろしゅうございます。」

「ああ、葉子《ようこ》さんじゃないか。お帰りかい。また寒くなったよ。」

「弟が今度こちらに勤めさせていただいておりますのですってね。お世話さまですわ。」

「こんなところ、今に寂しくて参るだろうよ。若いのに可哀想《かわいそう》だな。」

「ほんの子供ですから、駅長さんからよく教えてやっていただいて、よろしくお願いいたしますわ。」

「よろしい。元気で働いてるよ。これからいそがしくなる。去年は大雪だったよ。よく雪《な》崩《だ》れてね、汽車が立ち往生するんで、村も焚《たき》出《だ》しがいそがしかったよ。」

島村の目線に注目

愛想がない？

国境の長いトンネルを抜けると雪国であった。夜の底が白くなった。信号所に汽車が止まった。

向側の座席から娘が立って来て、島村の前のガラス窓を落した。雪の冷気が流れこんだ。娘は窓いっぱいに乗り出して、遠くへ叫ぶように、

「駅長さあん、駅長さあん。」

明りをさげてゆっくり雪を踏んで来た男は、襟巻《えりまき》で鼻の上まで包み、耳に帽子の毛皮を垂れていた。

私はこの冒頭部を読むとわずかな違和感を覚えます。たしかによく言われるように「国境の長いトンネルを抜けると雪国であった。」にしても「夜の底が白くなった。」にしても、こざっぱりした洒落た言い回しで、いかにも文学的な落ち着きがある。なるほど、これが日本文学のレトリックか、と思わせる抑制の利いた渋い哀感がにじみ出しています。

ただ、これらの文を続けて読んで、どんな感じがするでしょう。何だか愛想がなく

てつっけんどん。一つ一つの文もぴたりとフィットしない。もっと言うと、それぞれの文がてんで勝手に独立しており、流れていかないようにも思えます。文としてはそれぞれがしっかり立ち、緊張感をはらんでいるけれど、文と文とをつなぐ〝間〟が見えない。まさに間が悪い。文がそれぞれずぶっと終わって次につながらない。そのために、文はあっても、それが連なったものとしての文章の顔が見えてこない。よし、これから小説がはじまるぞ！　新しい時間がはじまったぞ！　という勢いが迫ってこないのです。

　人間にたとえると、恥ずかしがり屋でこちらの目を見て話そうとしない人を相手にしているような気分です。いちおうこちらが問いを投げれば答えてくれるから、まったくコミュニケーションが成立しないわけではないけれど、ともに何かを作りあげていこうという熱い一体感がない。ひんやり冷たくて、なんか居心地が悪い。そういう場ではしばしば、やり取りの言葉はあっても、その土台となる関係性が欠けているものです。

　でも、まさにこれが『雪国』という作品の持ち味なのかもしれません。文と文とがつながらず、ばらばらのままである。無愛想で、恥ずかしがりで、こちらと目を合わせない。だから、読者の視線を受けて迎え入れるような作品固有の時間が感じ取れない。なぜ、そんなことになっているのでしょう。

『雪国』でほんとうに起きていること

『雪国』の筋書きそのものはそれほど複雑ではありません。文筆業を営んでいる島村という男は、親に残してもらった財産もあり、あくせく働くこともなく、かなり気ままな生活を送っている。妻子持ちのようですが、一人で山に出かけていってふらっと温泉に逗留し、芸者を呼んだりすることもできる。

そんな気ままな一人旅の途中で、島村は駒子という女性と知り合います。芸者ではないけれど、芸者の手伝いのようなことをしている駒子には玄人じみたところがなく、清潔感にあふれています。「足指の裏の窪みまできれいであろうと思われた」という印象を島村は駒子に対して持ちます。

島村はそんな駒子との関係を深めます。しかし、つねにどこか冷めているところがある島村の方は、駒子を微妙に突き放し続けます。二人は恋人同士のようでもあるけれど、そうでもないようなあいまいな関係になっていきます。このあいまいさは駒子を苦しめますが、駒子がもがけばもがくほど、より一層、その可憐さやなまめかしさが際立ってくるようです。小説ではそんな駒子の様子が島村の目を通して実に精妙に描き出され、少しずつ過去のいきさつや男たちとの関係も明らかになります。

語りの時系列にはちょっとした仕掛けがあります。二人が知り合うのは春ですが、冒頭部で描かれるのはそれからすでに数ヶ月たった冬のはじめ。読書の順番としては、冒頭部のあと、いったん時間をさかのぼる形で私たちは島村と駒子の出会いを読み、その後、あらためて〝現在〟としての冬に戻って来る。その後、二月にまた来ると言い残した島村はこの約束をすっぽかしてしまいますが、次の冬になると温泉に戻ってきます。こうして島村は小説中では合計三回、舞台となる温泉町を訪れるのですが、そのたびに大きな時間経過が挟まれ、駒子の境遇や心境にも変化があります。

散逸する時間

こうした時系列の仕掛けだけを見ても、先に指摘した作品固有の時間が流れないという感覚の根にあるものがわかってきます。そもそも『雪国』に描かれているのは、通常の時の流れから切り離された断片的な瞬間なのです。そこにあるのは、有機的な因果関係の見えにくい、よそよそしい印象の集積です。ただ、そうした断片を拾い集めてみると、背後にあるより大きな流れ――たとえば朝から晩に至る一日の時間とか、季節のめぐりとか、あるいは数年単位の変化、駒子の人生といったもの――がちらりちらりと垣間見えもします。

島村は自分が見ているのがあくまで断片化された駒子だと言うことがわかっています。芸者仕事のあと、客に酒を飲まされて酔っ払った姿にしても、数ヶ月ぶりにあらわれた島村に対して恨みがましく見せる表情にしても、あるいは別の女性に対して見せる嫉妬にしても、決して駒子のすべてを示すものではない。でも、そんなふうに駒子のごくわずかな一部だけを目にして、その向こうに控える全体をぼんやり想像するのが、島村はとても好きなのです。島村にとっては、まさにそれがエロス。先に引用した「足指の裏の窪みまできれいであろうと思われた」という心理には、それが如実にあらわれています。足の先っぽの、その裏側から垣間見える女性の人柄や生き様を、まるでのぞき見るようにしてちらっと目撃する、そこに島村は至福の喜びを得ているのです。

小説の語りはだいたい島村の視線に寄り添っているので、おおむねこうした島村の世界との付き合い方を踏襲しています。ですから、語りがとらえるのはあくまで断片。このことを確認するために、先の冒頭部をもう一度見てみましょう。主語にあたる箇所に線を引いてあります。

国境の長いトンネルを抜けると雪国であった。夜の底が白くなった。信号所に汽車が止まった。

向側の座席から娘が立って来て、島村の前のガラス窓を落した。雪の冷気が流れこんだ。娘は窓いっぱいに乗り出して、遠くへ叫ぶように、

「駅長さあん、駅長さあん。」

どうでしょう。これを見ると、次々に主語が入れ替わっていることがわかるでしょう。そのため、私たちは描かれる風景に中心となる動作の主体、つまり物語の主役を見いだしにくくなる。主部を示す助詞も「は」よりは「が」が優勢で、そのため、なかなか語り手の力点がどこにあるか、どこに焦点があてられようとしているのかがわかりにくい。一般に「は」は英語で言えば定冠詞 the がついたものとみなせます。つまり、読者にとってすでに了解済みの対象なのであり、何か意味ありげな焦点化を誘う。対して「が」は、英語で言えば定冠詞 a のようなもので、あくまでニュートラルで匿名の主語を導くだけ。「が」に導かれる主語が連なると、無名で匿名の事物ばか

りがあふれ、文章全体が散漫で、散逸的で、焦点の定まらないような印象を与えがちです。

駒子のほんとうの魅力とは？

冒頭部のこうした視線の散り方は、島村が駒子を見る目にもついてまわる特徴です。次に引用するのは作品の中盤、島村の二度目の訪問の際の二人のかかわり合いをじっくり描いたところです。すでに駒子は芸者としてデビューし、島村にも三味線を弾いてくれます。その演奏に思いがけず島村は打たれる。鳥肌が立つような思いがする。その気持ちがやや落ち着くと、駒子のなまめかしさにあらためて感じ入るのですが、ここでは「は」という助詞を連ね彼女の表情の一つ一つをたっぷり力をこめて見つめつつも、やはり、どれか一つに焦点があたるという描き方にはなっていません。

細く高い鼻は少し寂しいはずだけれども、頬が生き生きと上気しているので、私はここにいますという囁《ささや》きのように見えた。あの美しく血の滑らかな脣《くちびる》は、小さくつぼめた時も、そこに映る光をぬめぬめ動かしているようで、そのくせ唄につれて大きく開いても、また可憐《かれん》に直ぐ縮まるという風に、彼女の体の魅力そっくりであった。下り気味の眉《まゆ》の下に、目尻《めじり》が上りもせず下りもせず、わざと真直ぐ描いたような眼は、今は濡《ぬ》れ輝いて、幼なげだった。白粉はなく、都会の水商売で透き通ったところへ、山の色が染めたとでもいう、百合《ゆり》か玉葱《たまねぎ》みたいな球根を剥《む》いた新しさの皮膚は、首までほんのり血の色が上っていて、なによりも清潔だった。

この箇所は、小説中、島村が駒子を見つめる場面の中でももっとも熱のこもっているところの一つですが、その熱が島村の場合、こうして列挙の欲望に向かうというのがおもしろいと私は思います。彼は一生懸命、対象に向かえば向かうほど、散逸的にその対象の芯から逸れていってしまうのです。

おそらくこの一節の中心にあるのは、唇でしょう。何と言っても、それは「彼女の体の魅力そっくり」だというのですから。しかし、そんな究極のエロスを体現する唇を描いたにもかかわらず、視線はすぐに眼へと移り、さらには皮膚に逸れていく。また、唇の描き方にしても、実は唇そのものをとらえるというよりは、唇を動きの中に解き放っています。

……小さくつぼめた時も、そこに映る光をぬめぬめ動かしているようで、そのくせ唄につれて大きく開いても、また可憐《かれん》に直ぐ縮まるという風に、彼女の体の魅力そっくりであった。

島村はじっと唇に見入っているようでいて、いつの間にかそうではないものを見ている。唇の実体よりも、その変化のありさまを追っているのです。しかも、それが一文の中でおこなわれているので、読んでいる側としては足場がどんどんずれていくようで、そもそも話の中心が唇なのか、あるいは結局、「彼女の体の魅力」こそが落としどころだったのかわからなくなる。しかし、おそらく島村にはそもそも意識や意味の中心などというものはなく、たえず対象との関係が移り変わっていくそのとらえどころのなさこそが、彼の世界との付き合い方を映し出しているのかもしれません。

奇妙な三角関係

ところで、小説の主要人物は島村と駒子だけではありません。もう一人重要なのは、葉子という若い女性です。作品冒頭部、車中で島村が見かけるのはこの女性です。彼女は、駒子が思いを寄せていた男性を慕い、彼が病に冒されて死んでいくのを看取っています。島村と乗り合わせた汽車でも、葉子は東京から療養にやってきた男性を看護していた。

どうやら駒子と葉子はこの男性をめぐって微妙な三角関係的な状況にあったようです。でも、この三角関係は実にあいまいで、明確に男を取り合ったというようなものではないらしい。しかも、島村はこの関係をあくまで端からのぞきみるだけで、その真相をつきとめようとはしないので、あいまいさは一層深くなります。

ところが駒子と葉子をめぐるこの三角関係は、島村にとってはあくまで赤の他人にかかわるもののはずだったのに、この男性が亡くなってしまうと、いつの間にか島村自身がこの三角関係に代理で入りこむような形になります。島村は駒子に会うためにはるばるこの温泉を訪れるのですが、汽車の中の葉子の様子に強い興味を覚える。といっても、これは例によってごく断片的で、ほとんど非現実的と言っていいほどのはかない印象から生まれた気持ちです。でも、島村という人は、印象がはかなければはかないほどかえって強く気持ちを引かれたりするので、いつまでも葉子のことを忘れずにいる。

駒子はそんな島村の興味を鋭く見抜きます。そしてあえて挑発的な行動をとったりする。葉子に言いつけて、島村に言づてを渡させたりする。島村はそんな駒子の挑発を受けて立つように、葉子に接近を試み、一緒に東京へ行こうかと誘ったりします。

こうしたあらすじを確認すると、『雪国』は一見二人の女性の間をふらふらと行き来する中年男を主人公とした恋愛小説のように思えるかもしれません。しかし、そこには通常の恋愛小説とはひと味違う、かなり独特な要素があります。冒頭部の〝間の悪さ〟が一番生きてくるのもここです。

島村っていったい何者？

何より大事なのは、この作品では主人公であるはずの島村という人物がほとんど描かれないということです。人物としてはたしかに登場している。駒子とのやり取りから、その人となりも浮かび上がってくる。しかし、それはあくまで間接的な輪郭にすぎません。島村の影がかくも薄いのは、彼の視線が世界を自分との関係においてとらえていないからかもしれません。

もうそんな寒さかと島村は外を眺《なが》めると、鉄道の官舎らしいバラックが山裾《やますそ》に寒々と散らばっているだけで、雪の色はそこまで行かぬうちに闇《やみ》に呑《の》まれていた。

「駅長さん、私です、御機嫌《ごきげん》よろしゅうございます。」

「ああ、葉子《ようこ》さんじゃないか。お帰りかい。また寒くなったよ。」

「弟が今度こちらに勤めさせていただいておりますのですってね。お世話さまですわ。」

「こんなところ、今に寂しくて参るだろうよ。若いのに可哀想《かわいそう》だな。」


この冒頭部の会話の描写に示されているのは、駅長と葉子の関係よりも、よそ者である島村が、駅長と葉子の関係の外にいるということです。二人の台詞は島村をおきざりにして、その外で飛び交っている。彼の目は、汽車の外の風景も、こうしてかわされる会話も、自分のものとしては見ない。他人事としてとらえている。しかし、他人事で無関係というのではない。この会話や、小説のあちこちでも差し挟まれる〝寂しさ〟という感覚は大事です。外の風景にしても、駅長と葉子のかかわりにしても、島村にとってはまったくの他人事ではない。なぜなら、それらはえもいわれぬ〝寂しさ〟を彼の中に生み出すからです。

このように島村が関係の外にいるという状況はこの後もずっと続いていきます。駒子と葉子の三角関係だけではなく、駒子とその旦那や、駒子と師匠、駒子に結婚しようと迫る男など、駒子の周辺には島村を巻きこんでもおかしくない人物たちがけっこういるのですが、その誰とも島村は知り合いにならない。巻きこまれない。彼はこうした人物たちを伝聞の形で間接的に知ることとしかないのです。そこに島村にとっての究極の寂寥感があるように思えます。これは乗り越えたり解消されたりする寂しさではありません。彼の世界との付き合い方の根源にある、どうしようもない寂しさです。

ところが、不思議なことに、まさに島村が蚊帳の外にいるからこそ、駒子は島村に惹かれます。島村が駒子を突き放し、約束をすっぽかし、別の女に目を向ければ向けるほど、駒子は島村に夢中になる。島村も、そんなふうにして自分に惹かれる駒子にどんどん興味を持ち、魅入られるようにその様子を観察してもいます。しかし、やはり駒子は彼にとって「他人事」なのです。

このような男女関係や人間関係は現実世界でもときおり見かけるように思います。小説家という存在は、こうした関係を誘発しやすいのかもしれません。しかし、恋愛に至らない恋愛をここまで端正に小説の語りに生かした作品はなかなかないのではないかとも思います。

⑩梶井基次郎「檸檬」

～善玉の文学臭

ひどい文学臭ですが

「ひえ〜〜。チョーーーー文学的！」という悲鳴が聞こえてきそうです。有名古典作品が揃った本書の目次の中でも、これほどイカニモな文学作品はそうない。「えたいの知れない不吉な塊が私の心を始終圧えつけていた」という冒頭の一文だけで、ぷんぷんと文学臭が漂ってきます。

みなさん、こういうのは苦手でしょうか。

それとも、むずむずしますか。興奮しますか。

コレステロールと同じで、文学臭には悪玉と善玉の二種類があります。悪玉は無駄に匂うだけ。ブンガク風に書かれているけれど、そこには取り立てて必然性がないので、読んでいるととにかく疲れる。善玉の方は違います。たしかに臭いかもしれないけど、臭いなりの理由がある。必然性がある。

「檸檬」は後者だと私は思います。では、そこにはいったいどんな必然性があるのでしょう。何のために、この小説はこんな暑っ苦しい、重ったるい、面倒臭い書き方をしているのでしょう。

あんたは
いったい何がしたいの？

すっごい文学臭こ要マスク

えたいの知れない不吉な塊が私の心を始終圧《おさ》えつけていた。焦躁《しょうそう》と言おうか、嫌悪と言おうか——酒を飲んだあとに宿酔があるように、酒を毎日飲んでいると宿酔に相当した時期がやって来る。それが来たのだ。これはちょっといけなかった。結果した肺尖《はいせん》カタルや神経衰弱がいけないのではない。また背を焼くような借金などがいけないのではない。いけないのはその不吉な塊だ。以前私を喜ばせたどんな美しい音楽も、どんな美しい詩の一節も辛抱がならなくなった。蓄音器を聴かせてもらいにわざわざ出かけて行っても、最初の二三小節で不意に立ち上がってしまいたくなる。何かが私を居堪らずさせるのだ。それで始終私は街から街を浮浪し続けていた。

何故《なぜ》だかその頃私は見すぼらしくて美しいものに強くひきつけられたのを覚えている。風景にしても壊れかかった街だとか、その街にしてもよそよそしい表通りよりもどこか親しみのある、汚い洗濯物が干してあったりがらくたが転がしてあったりむさくるしい部屋が覗《のぞ》いていたりする裏通りが好きであった。雨や風が蝕《むしば》んでやがて土に帰ってしまう、と言ったような趣きのある街で、土塀《どべい》が崩れていたり家並が傾きかかっていたり——勢いのいいのは植物だけで、時とするとびっくりさせるような向日葵《ひまわり》があったりカンナが咲いていたりする。

時どき私はそんな路を歩きながら、ふと、そこが京都ではなくて京都から何百里も離れた仙台とか長崎とか——そのような市へ今自分が来ているのだ——という錯覚を起こそう

いちいちまわりくどいぞ！

ひょっとして何かお悩みですか？

それにしては元気だね。

そのためにはまず文学臭の元を確認しておく必要があるでしょう。冒頭部分にぷんぷんと漂う〝ブンガク〟はいったいどこから来ているのか。

えたいの知れない不吉な塊が私の心を始終圧《おさ》えつけていた。焦躁《しょうそう》と言おうか、嫌悪と言おうか——酒を飲んだあとに宿酔《ふつかよい》があるように、酒を毎日飲んでいると宿酔に相当した時期がやって来る。それが来たのだ。これはちょっといけなかった。

何が欲しいのかわからない……

まず「えたいの知れない」という形容から考えてみましょう。曰く言い難いもの、うまく言葉にならないものというのは、昔から文学作品の定番でした。すでに本書のいくつかの章でも、曰く言い難いものを言葉にしようとして小説家が四苦八苦しているさまを見てきました。

不思議なことです。小説というのは言葉で作られているものなのに、小説の言葉というのは多くの場合、対象に敗れるのです。対象をとらえそこない、うまく把握することができない。でも、そうやって敗れることを通して、対象の微妙なありさまをかろうじて読者に伝える。

「檸檬」という作品では、はじめから終わりまでこの曰く言い難いものとの格闘が続いていきます。主人公の「私」は、よくわからない何物かに追い立てられている。それを「焦燥」とか「嫌悪」とか呼び変えてみるけど、どれもぴたりと正解にはならないようです。でも、それがあるのはたしかで、それは彼を突き動かす。「檸檬」の筋書きは、このいわく言い難い何かに主人公がどう対処するかを追うストーリーとして展開していきます。

ここでそれと呼んだもののことを、しばしば私たちは「葛藤」と呼びます。たとえば欲しくて仕方がないけど、どうしても手に入らないものがある。「葛藤」はそこから生まれます。好きで仕方がない異性がいるけど、その人には他に付き合っている人がいるらしいとか。欲しくてたまらない宝物が遠い場所にあるとか。文学作品には、このように欲望の対象が手に入らないことから生ずる苦しみや悲しみを描くものが数え切れないほどあります。これは狭い意味での文学を越えて、おとぎ話の世界も含めたさまざまな物語の原型となってきたパターンなのです。この「葛藤」は、欲望が満たされないことからくるものだと言えるでしょう。

しかし、葛藤にはもっとネガティブなものもあります。嫌なものが迫ってくるとか、すでに自分の中に嫌なものがある／いるといった状況、もしくは過去の罪悪が今の自分をおびやかすといったケースです。こうした場合は、この否定的なものの接近をどうやって乗り越えるかが物語の「葛藤」の骨子を作ります。

では、「檸檬」はどちらでしょう。

おもしろいことに主人公はそれがどちらなのかよくわかっていないようです。それを「焦燥」と言ってみたり「嫌悪」と言ってみたりするあたり、自分が欲望に追い立てられているのか、あるいはもっと純粋に否定的なものから逃げようとしてるのか判然としない。そんなことがありうるのでしょうか。「欲しい！」と「嫌だ！」は正反対ではないのでしょうか。

「あなたは何が欲しいの？」の呪縛

これは大事な問題なので、少し脱線してみましょう。

一九世紀から二〇世紀にかけての思想界でもっとも影響力のあった人物の一人に精神科医のジグムント・フロイトがいます。彼の功績にはさまざまなものがありますが、その一つは、精神障害の一部が、欲望の未充足に起因していると指摘したことにあります。しかも、より悪いのはそうした未充足の状態を当人が隠したり見なかったことにして、ごまかそうとしている場合である、と。

たしかにそう言われてみると、どんな人にも思い当たる節があるかもしれません。先にあげた異性の例に限らず、誰かを好きだということや、何かが欲しいということを人はそう簡単に他人には言いません。場合によっては自分でも認めない。それは、社会の拘束があるからです。好きな人にどんどんアプローチしたり、欲しいものを無理矢理手に入れようとしたりすれば、必ず社会的な制裁を受けます。だから、そうした欲望の多くは人知れず闇から闇に葬られることになる。

しかし、消費社会というのは残酷なもので、他方では私たちの「欲しい！」という欲望をいつも刺激することで経済は成り立っています。市場には必要である以上のものがあふれているので、「要る」ではなく「欲しい」と思わせなければ、品物は売れ残ってしまいます。だから、「欲しい」という感覚を育ててせっせとものを買ってもらう。そのことで市場も活性化し、企業は潤い、私たち自身も職と収入を得ることになる。

したがって、私たちは小さい頃から何かを欲するべく教育され、欲するのはいいことだという感覚を植えつけられます。「何が食べたいの？」「何がしたいの？」「何になりたいの？」とたえず訊かれることで、私たちは〝欲望する人〟として成長するのです。「したいこと」「なりたいもの」がない人は、ひどくつまらない潜在力に乏しい人間として蔑まれたりもします。

でも、現実には欲望のほとんどがかないません。ほんとうに欲しいものは手に入らないし、好きな人もこちらを振り向いてくれない。そこに心のひずみが生まれます。フロイトが生きたのはそうした問題が生じはじめた時代でした。「檸檬」の著者の梶井基次郎が生きたのもそうした西洋流の消費社会が日本に到来しはじめた頃です。

欲しいのか、嫌なのか

話をもとに戻しましょう。「檸檬」の主人公はどうやら「欲しい」と「嫌だ」の区別がつかないようです。これは典型的な近代の病です。社会から「欲望せよ」「もっと欲しがれ」という命令が下されているのに、その欲望を解放することができない。我慢したり、隠蔽したりせざるをえない。そんなことが続くうちに、「欲しい！」のか「嫌だ！」なのかがよくわからなくなってしまって、きわめて不安定な心の状態が生まれるのです。フロイトならそれを不安障害などと呼んだでしょう。「檸檬」の主人公もそんな状態にあります。

その最大のあらわれは主人公の受け身性です。冒頭部の「私の心を始終圧えつけていた」という部分をはじめとして、この作品では「私」がしばしば受け身形で語られます。こうして受け身にすると、何だかまわりくどいもったいぶった言い方に聞こえます。ここにもいかにもブンガクの匂いがある。もともと日本語ではあまりこうした受け身は使わなかった。ものを主語にするのは西洋の言葉の言い方で、それを日本語でやると、何となく西洋風を吹かせた気取った言葉遣いに聞こえるのです。

でも、主人公にとってこれは仕方のないことだったのです。「欲しい！」と思うのは本来、主体的な行為です。自分から進んで身を乗り出すようにして感じるのが「欲しい！」という欲望なのです。ところが彼は何が欲しいのかがわからなくなってしまった。それでいて、欲望のうずきのようなものはどこかに潜んでいる。彼のコントロールを越えたところでうごめいている。そして、まるで彼に復讐するようにして、向こうからやってくる。主人公が自分の欲望を見つけようとする一方で、不安や嫌悪に駆られるのはそのためです。主体と客体が入れ替わり、本来積極的であるはずの行為がひどく消極的な、やむにやまれぬ逃避的なものとして発生することになってしまうのです。
このあと主人公は町をさまよいはじめますが、ここにも受け身性がはっきり出ています。心ここにあらず。何をしても楽しめません。「何かが私を居堪らずさせるのだ」なんていうのはかなり辛い状況で、はっきり言って鬱病の境地です。彼の「浮浪」は、そんな窮地から出ようとするあがきなのです。

以前私を喜ばせたどんな美しい音楽も、どんな美しい詩の一節も辛抱がならなくなった。蓄音器を聴かせてもらいにわざわざ出かけて行っても、最初の二三小節で不意に立ち上がってしまいたくなる。何かが私を居堪《いたたま》らずさせるのだ。それで始終私は街から街を浮浪し続けていた。

小説中では、なぜさまようのかはっきり理由は述べられていませんが、読んでいると彼の取る行動には必然性があるのが感じられます。説明にはなっていないけど、かわりに、小説ならではの言葉で彼の心境がからめとられているのです。

さまよう「私」

主人公はこのあと、仙台や長崎といった場所にいる夢想をしたり、花火の包装を思い浮かべたり、おはじきのことを考えたりします。自身の「欲しい！」という心理をかき立ててくれそうなものを次々にあたってみているわけです。どことなくそこに幼児回帰が感じられるのも、フロイト的かもしれません。ひょっとすると彼の心の根っこにあるのは、幼児期への回帰の願望と、母親に愛されたいという欲望ではないかとも思わせる。

ちょっと行きすぎでしょうか。いずれにしても、これらの〝懐かしいもの〟に主人公はそれほど深入りしているわけではなく、目標物は別のところに見定められます。

まずは果物屋。それまでいささか茫洋としていた主人公の心理が、ここへきて明確な質感を持ちはじめます。彼は果物屋に売られていたあざやかな檸檬に目をとめる。檸檬の色だけでなく、重さ、やわらかさ、冷たさなどが、にわかにこれまでの「えたいの知れない」焦燥感と、その背後にあった欲望に形を与えます。そうか、俺はこれが欲しかったのだ！　と言わんばかりに主人公は昂揚します。欲しいものを発見するというのはどことなく本末転倒のようにも思えるかもしれませんが、ここでも私たちは小説の言葉ならではの論理に説得されてしまいます。

その後、主人公は檸檬との出会いから得られた昂揚感に後押しされるようにして丸善に向かいます。果物屋は丸善に比べればはるかに地味な場所でした。とくに主人公が訪れた果物屋は周囲の照明の明るさに比して闇に沈んでいるように見えた。でも、それがかえって神秘的な出会いを用意したようでもあります。謎めいた異界性がそこにはありました。この果物屋で思いがけず欲望のほとばしりを経験し、幸福な気分を得た主人公が、その勢いを駆って丸善に向かう。丸善は今でもある店ですが、当時から洋書や文房具などの「ハイカラ」な輸入物を売る高級商店として知られていました。

人は欲望を持つことではじめて主体性を獲得する――この考え方は西洋流の資本主義と個人主義に由来したものです。ということは、その西洋からの輸入物をありがたそうに陳列して人々の欲望を刺激する丸善は、まさに象徴的な場所だと言えます。「欲しい」という気分を回復した主人公は、この欲望の場を訪れることで、自分の欲望に発散の機会を与えようとしたのでしょう。主人公が調子のよかったときは、これまでも丸善がそうした欲望をせっせとかき立てていたようです。

一発逆転のために

ところが主人公は丸善に裏切られます。店内に入ってみると、それまで昂揚していた気持ちがにわかに冷めてしまったのです。欲望の芽生えを感じることで回復したはずの幸福感はあっという間に失われてしまった。以前なら楽しくながめられた洋書が、ぱらぱらめくってもいっこうにおもしろくない。どれを見てもそうです。主人公は何の刺激も与えてくれない洋書をどんどん積み上げるばかり。その山はまるで残骸のように見えたでしょう。

しかし、そこで主人公はふと妙なことを思いつきます。こうして残骸のように積み上げた洋書のてっぺんに果物屋で得たあの檸檬を置いてみたらどうだろう？

この先はみなさんもご存知の結末です。主人公は自分のこの妙な思いつきにすっかり興奮しどんどん本を積み上げる。そしてその一番上に檸檬を置く。檸檬は「カーンと冴えかえっていた」との描写があります。何というさわやかな一節でしょう。

しかし、小説はそこでは終わりません。主人公は「第二のアイディア」を得るのです。檸檬を洋書のてっぺんにおいたまま何食わぬ顔をして店の外に出てしまおう！というのです。

何という子供っぽい考えでしょう。しかし、語り手はほんとうにそのとおり、すたすたと店から出て行ってしまいます。このあたりの描写も、ついフロイトを参照したくなるような幼児性に満ちていて微笑ましいほど。まさにいたずらなのです。

しかし、このいたずらを通してこそ、語り手は何かを手に入れました。ささやかな反乱がおこなわれた。それは消費社会の構造に対する抵抗でした。欲望をかきたてつつもその欲望を抑圧する社会のシステムに対し、語り手は貴重な一矢を報いたのではないでしょうか。

いかがでしょう。こうしてみると「檸檬」冒頭部のプンプンと匂うブンガク臭には、それなりの必然性があったことがわかります。しかも、このブンガク臭を通して示される人間の心理は、この作品が描かれた大正時代から時間的に遠く隔たった私たちをも、いまだに支配しているものです。「檸檬」の主人公の感じたくすぐったいようなむずむずは、今の私たちにも十分に感じ取ることができる。冒頭の重苦しい面倒くささに比して、結末部の何と爽快なことか。ここにはたしかに付き合う価値のあるブンガクがあるのです。

⑪江戸川乱歩

『怪人二十面相』

~ですます調で誘惑する

いかにも年少者向けとは？

この章で取り上げるのはかなり異色の作品です。教科書にはまず載らないでしょうが、誰もが知っている。江戸川乱歩の『怪人二十面相』です。

この作品の読者として想定されているのが年少者であることは明らかです。ですます調で書かれているからです。なぜですます調で書くと、年少者向けに見えるのでしょう。私はこの問題にはずっと関心を持っており、すでによそでも考察したことがありますが、ここでもそうした考察を踏まえて、小説とですます調の関係について考えてみたいと思います。興味を持った方は拙著『善意と悪意の英文学史』もご参照いただければ幸いです。

それにしても
くどい語り手です。

この「お」は要注意！


　そのころ、東京中の町という町、家という家では、ふたり以上の人が顔をあわせさえすれば、まるでお天気のあいさつでもするように、怪人「二十面相」のうわさをしていました。

「二十面相」というのは、毎日毎日、新聞記事をにぎわしている、ふしぎな盗賊《とうぞく》のあだ名です。その賊は二十のまったくちがった顔を持っているといわれていました。つまり、変装《へんそう》がとびきりじょうずなのです。

　どんなに明るい場所で、どんなに近よってながめても、少しも変装とはわからない、まるでちがった人に見えるのだそうです。老人にも若者にも、富豪《ふごう》にも乞食《こじき》にも、学者にも無頼漢《ぶらいかん》にも、いや、女にさえも、まったくその人になりきってしまうことができるといいます。

　では、その賊のほんとうの年はいくつで、どんな顔をしているのかというと、それは、だれひとり見たことがありません。二十種もの顔を持っているけれど、そのうちの、どれがほんとうの顔なのだか、だれも知らない。いや、賊自身でも、ほんとうの顔をわすれてしまっているのかもしれません。それほど、たえずちがった顔、ちがった姿で、人の前にあらわれるのです。

　そういう変装の天才みたいな賊だものですから、警察でもこまってしまいました。いったい、どの顔を目あてに捜索したらいいのか、まるで見当がつかないからです。

　ただ、せめてものしあわせは、この盗賊は、宝石だとか、美術品だとか、美しくてめず

なぜ「ですます調」でお話しなさる？

ソフトな書き出し

たとえば『怪人二十面相』の冒頭部は次のようになっています。

そのころ、東京中の町という町、家という家では、ふたり以上の人が顔をあわせさえすれば、まるでお天気のあいさつでもするように、怪人「二十面相」のうわさをしていました。

「二十面相」というのは、毎日毎日、新聞記事をにぎわしている、ふしぎな盗賊《とうぞく》のあだ名です。その賊は二十のまったくちがった顔を持っているといわれていました。つまり、変装《へんそう》がとびきりじょうずなのです。

どんなに明るい場所で、どんなに近よってながめても、少しも変装とはわからない、まるでちがった人に見えるのだそうです。老人にも若者にも、富豪《ふごう》にも乞《こ》食《じき》にも、学者にも無頼漢《ぶらいかん》にも、いや、女にさえも、まったくその人になりきってしまうことができるといいます。

とてもソフトで誘惑するような書き出しです。思わず続きが読みたくなる。こんな書き出しがあると、この本で取り上げてきた他の作品の冒頭におよそこうした「愛想」がなかったことがあらためて思い出されるほどです。〝文学〟とはかくも愛想がないものなのか。とりわけ小説というジャンルは、おもしろおかしい物語とは一線を画し、むっつりしているように思える。出来事もさして起きないし、出てくる人もまじめ。珍妙なこと、どきどきはらはらすること、びっくりすることは排除されているかのようです。

なぜ、小説がそうした構えを取る必要があったかは、すでに説明してきたつもりですが、では逆に『怪人二十面相』のように、あからさまに読者をおもしろがらせようとしている作品ではどのようなメカニズムが働いているのでしょう。そもそも「読者を引きこむ」とはいったいどういうことなのか。そのあたり、ですます調の働きとからめて確認してみたいと思います。

ですます調の実験

すでに『善意と悪意の英文学史』でも試みた実験ですが、たとえば冒頭部を「た／である調」に書きかえてみたらどうなるでしょう。

その頃、東京中の町という町、家という家では、ふたり以上の人が顔をあわせさえすれば、まるでお天気の挨拶でもするように、怪人「二十面相」のうわさをしていた。

「二十面相」というのは、毎日毎日、新聞記事をにぎわしている、ふしぎな盗賊《とうぞく》のあだ名である。その賊は二十のまったくちがった顔を持っているといわれていた。つまり、変装《へんそう》がとびきり上手なのである。

どんなに明るい場所で、どんなに近よって眺めても、少しも変装とはわからない、まるでちがった人に見えるのだそうだ。老人にも若者にも、富豪《ふごう》にも乞食《こじき》にも、学者にも無頼漢《ぶらいかん》にも、いや、女にさえも、まったくその人になりきってしまうことができるという。

いかがでしょう。「ですます」を「た／である」に変えても、文意はそのまま通るように見えます。ただ、いくつか明らかに気になるところもあります。たとえば二行目の「まるでお天気の挨拶でもするように」のところ。「お天気」という丁寧な言い方はですます調ならではのものです。「た／である調」に直して「お天気」とやると、やや間の抜けた感じになります。

問題はこの「お天気」の「お」だけにあるわけではありません。そもそも「天気の挨拶」というたとえを持ち出してきた時点で、ある種の「コード」が働いているのです。社会の雰囲気のようなものが暗示されている。たとえば宇宙大戦争とか壮絶な三角関係の最中などであれば、「お天気の挨拶」どころではないでしょう。ということは、このたとえがあるおかげでどこかのんびりして素朴で安心感のある、しかし、いくらか停滞もしている空間が浮かび上がってくるということです。

「まるで」という語も意外に大事です。たとえるだけなら「〜するように」だけで十分で、別に「まるで」と強める表現はいりません。でも、このコンテクストでこの一言を入れると、単なるたとえ以上の何かが示唆されます。語り手が一人の人間として身を乗り出して語るさま、とでも言ったらいいでしょうか。どうやら語り手は、世間の人々と同じくらい二十面相に脅かされているのです。決して上から見下ろしたりはせず、むしろ自分の語る内容にのめりこみ、二十面相のうわさをする他の人たちと同じ目線で、勢いこんでしゃべっている感があります。

と同時に、この語り手には、世間で流布されている言葉をそのまま鵜呑みにして右から左へと流通させてしまいそうな、ちょっと主体性に欠けた要素も目につきます。すぐ騒ぐ。興奮しやすい。今一つ主体性がないようなのです。だから、「噂」を元に語ったりする。そのおかげで作品には、語り手個人の声というよりは、無数の声の集積の中からにじみだしてきた、集合的な声のようなものが聞こえてくることにもなります。

にこやかな語り手

こうした要素はすべて、ですます調の持っているニュアンスとつながっています。ですます調だからこそ生きてくる。ですます調は単に丁寧というだけのものではありません。そこには日常的に天気のあいさつがかわされるような世界の匂いがこびりついているのです。何となくみんなが仲良くしている世界がそこにはある。みんなお互いをよく知り、相手にやさしい。そうした連帯は拘束にもつながるけれど、少なくとも安心感に満ちている。おかげでのんびりすることもできるし、複雑な思考を駆使して全体に細かく言い及ぶ必要もない。ぼんやりとしたおおざっぱな〝了解〟が全体を覆っているからです。

了解があるということは、相手に言葉が通じやすい環境だということです。たとえば文学作品では隠喩や換喩など、読者の参加を前提としたレトリックが頻繁に用いられます。そこにはちょっとした連想上のジャンプが含まれていて、読者の想像力の助けを借りる必要があるわけです。ふつうなら結びつかないものを結びつけてみるときに、「え？　それ、わからない」と言われたら、コミュニケーションは停止してしまう。しかし、ですます調の世界ではそういう心配はありません。というのも、ですます調は先回りして、「まさか、わからないはずはないですよね」というシグナルを送ってくるからです。そこで示唆されるのは、語り手と聞き手が約束事をたくさん共有しているということです。だからたとえも使いやすい。「こんなことにたとえても、通じるかな？　わかってもらえるかな？」といちいち心配する必要はなく、思いきって「まるで〜みたいなのです！」と、語り手自身が聞き手の仲間であることをことさらふりかざし連帯感をちらつかせて前のめりになれる。

　このようにですます調の語り手は読者を暖かく迎え入れようとしているわけです。しかも、その歓迎に際して語り手自身が「共同体に受け入れられている自分」を演出している。ことさらにこやかに愛想良く振る舞うことで、その向こう側に素直に耳を傾ける読者の像を勝手に作り出しています。

　もちろん、「共同体に受け入れられる語り手」という像はあくまで語りの前提にすぎず、必ずしも事実ではありません。ですます調は無理に「私たちはみんなわかりあってますよね」という前提を提示し、信じようとし、また読者にも押しつけているだけなのかもしれません。ただ、そのような〝無理〟もまた演出の一部として機能しているところはおもしろいと思います。「みんなわかりあっていますよね」という前提が裏切られる可能性までも、そこには織りこまれている。考えてみれば、『怪人二十面相』という作品は、ですます調的な安逸が束の間転覆されることでこそ動き出します。しかし、探偵小説というジャンルの構造上、その束の間の波乱の後、読者は元の前提に戻ってくるし、そうすることでその前提を再補強することにもなるわけです。

『怪人二十面相』の多量さ

ですます調ならではの持ち味はそれだけではありません。たとえばこの箇所は三つの段落からなっていますが、内容としては意外と単純です。要するに、「怪人二十面相という変装の得意な泥棒がいて噂になっている」とのこと。

では、なぜ、一言で済むような話を語り手は長々と語るのでしょう。引用した部分を見てみると、必ずしも新しい情報を加えることにはならない表現が目につきます。「東京中の町という町」「家という家」「毎日毎日」「どんなに明るい場所で、どんなに近寄って眺めても」など言葉の重複が多い。語り手が言葉をどんどんつぎこんでいるという感じがします。

もっと細かいレベルでみても、「違った顔」ということを言うのに、いちいち「全く違った顔」としている。変装がうまいということを言うのに、「飛切上手」とする。「違った人に見える」というところも、「まるで違った人に見える」となっている。とくに三つ目の段落では、変装が得意だということはすでに説明してあるにもかかわらず、「老人にも若者にも、富豪にも乞食にも、学者にも無頼漢にも、いや、女にさえも」とわざわざ例を連ねる。はっきり言って、この語り手はかなりしつこい。くどい。

なぜ、しつこいのか。なぜ、これほど言葉をつぎこむのか。無駄な感じさえします。ひょっとすると語り手はですます調だからこそ、こうした無駄をやるのかもしれません。ですます調的な丁寧さの中では、無駄とか余分さというのはむしろ必須の要素なのかもしれない。

こういうことではないでしょうか。そもそも私たちは、日常感覚として敬語や丁寧語というものをどのようにとらえているか。丁寧な言葉を使うに際して、私たちには「ふつうならいらないものをわざわざ加えている」という意識が働いていないでしょうか。必要のないエクストラの言葉をあえて付け加えることで、必要という枠にはおさまりきらない感謝や慶弔の「気持ち」を表出する、それがひいては誠意や相手への「思いやり」の表現につながる、というのが一般的な「丁寧」の心構えではないでしょうか。「気持ち」は無駄で余分だからこそ、「気持ち」になる。これは丁寧のもっとも重要な原則の一つです。

ここにあるのは「足し算」の論理です。何かの上に何かが足されることで、どんどんオリジナルに意味が加わっていく。増えていく。その背後にはおそらく、贈与＝善意という連想がある。丁寧という態度選択には、相手にどんどんをモノをあげることでいい気持ちにしてあげる、というようなジェスチャーがこめられているのです。

書き言葉のですますにも、当然、この足し算的な論理が宿っている。どうも多い感じがする。語数からして「である」や「た」よりも多いわけですが、それだけではないような、余分で過剰な気分が漂っていて、特有の持ち味を形成する。「多さの気分」のようなものです。この「多さの気分」についてさらに考えてみましょう。

〝愛〟の論理

一般的に言って、小説の語りでは余分で過剰であるということは決してマイナスにはなりません。それがよく表れているのは、語り手の存在です。語り手は仲介者だから、私たちにストーリーを伝えるために透明な伝達者に徹しそうなのに、多くの小説では語り手がちょっと嘘をついたり、だまされたり、間違えたり、よく事情がわかっていなかったりする。つまり、仲介者としては失格だと思えるような振る舞いをする。純粋にストーリーを追うということから考えると邪魔でさえあります。『怪人二十面相』の場合、名探偵明智小五郎のあっと驚くような謎解きを強調するためもあって、語り手はしばしば「おいていかれる」役を演じます。

明智はさも恐縮したように、さしうつむいていましたが、やがて、ヒョイとあげた顔を見ますと、これはどうしたというのでしょう。名探偵は笑っているではありませんか。その笑いが顔いちめんにひろがっていって、しまいにはもうおかしくておかしくてたまらぬというように、大きな声をたてて、笑いだしたではありませんか。

言うまでもなくこうした箇所では、「明智はいったいどんな推理を働かせるのだろう?」という期待が私たち読者の中に生み出されるわけですが、その際に私たちの期待感を盛り立てているのは「どうしたというのでしょう」とか「笑いだしたではありませんか」というふうに差し挟まれる、語り手の「びっくり」の表明なのです。

何だかやたらとうるさい。『怪人二十面相』という作品では語り手がかなり出しゃばっている。ほんとうの主人公は明智名探偵でも、小林少年でも、あるいは怪人二十面相でもなく、語り手その人なのではないかと思わせるほど、語り手はストーリーの伝達に際して、余分なことをいちいち言う。しかし、『怪人二十面相』の、いかにもいろいろなことがおきそうな、わくわくするような期待感を作っているのも、まさにこのでしゃばった語り手なのです。語り手がくどくて、口数が多くて、やたらと興奮症で、いちいち説明過剰であることが独特の賑わいを作り出す。一般に語りでは、「より少なく語ろう」とか「凝縮した語りで行こう」「静かにやろう」といった効率性が方針として背後に感じられることが多いのですが、ですます調で語るということはそうした方針との絶縁を宣言しているようなものです。その結果として、喧しさ、賑わい、さらには祝祭性などが生み出されていく。

小説は一つの世界の構築です。作られたものには当然嘘臭いところや現実感に欠けたところがある、つまりいろいろな意味で弱く、薄く、軽い。そうした脆弱な構築物に、まるで今そこにあるようながっちりとした存在感を与えるためには、いろいろな意味でその世界を突出させる必要がある。とにかく引っかかりが欲しい。気になるところがあったり、「そうだ！」と共感させたり、あるいは『怪人二十面相』のように「どうしたというのでしょう？」というような問いかけがあったり。そうして出っ張った引っかかりの部分を積み重ねることで、「世界」という姿を持った何かが立ちあらわれたような気にさせる。

ですます調の語り手は、そうした世界の出っ張りを「量」で表現します。よくわからないけど何かがたくさんある。そういう感覚にひたるだけでも、私たちは世界というものを実感します。児童文学でですます調が使われてきたのも、語るということが一種の〝愛〟や〝恵み〟として演出されているためではないでしょうか。〝愛〟の表現としてもっともわかりやすいのは贈与です。あげることです。言葉を通して多量さを表現し、読者が無条件でその多量さに浴するかのような気分を生み出す——だからこそですますは児童文学の慣習の一つとなってきたのかもしれません。

明治期の言文一致運動の中ではですます調も有力な〝口語体候補〟の一つでしたが、現代の小説作品でですますに出会うことは多くはありません。文体としてのですますは「である」や「た」といった語尾との覇権争いに敗れた。その理由としてはさまざまなことが考えられるでしょうが、まさに今述べたような〝愛〟の論理に対する違和感も大きな要因ではないかと思われます。語るという行為を〝与える〟とか〝喜ばせる〟といった枠組の中でおこなおうとすると、語られる内容にもさまざまな制約が加えられることになります。否定的なもの、不愉快なもの、陰鬱なもの、乱暴なもの、醜いもの……つまり児童文学からしばしば排除されてきたような、学校の教科書には載せにくいような話題はですますとも相性が悪いのです。ですます調には、語り手と聞き手の日常的で朗らかで当たり障りのない人間関係が投影されているのです。そうした人間関係の枠外に押しやられてしまうような闇の部分は、「お天気の挨拶」がかわされるような安心感に満ちた世界ではなかなか語られません。

しかし、それは果たしてですます調だけの限界なのでしょうか。実は「である」や「た」の語尾の文章にも、同じような制約が加えられているのではないでしょうか。誰かに向けて語るからには、私たちはどこかで丁寧という名の抑圧を自らに強いているのかもしれません。つまり、語ろうとする時点で、私たちは相手を喜ばせたり心地良くさせたりしようとするような〝愛〟の論理によって抑圧され、不便を強いられているかもしれない。嫌なことや不快なことが言えなくなってしまうのかもしれない。語りと〝愛〟のジェスチャーとはそう簡単に切り離すことはできないのです。

⑫ 森鷗外「雁」

~さりげない知的さ

くつろいだ語り

「雁」の出だしには、肩肘張った構えがありません。私たちが見慣れてきた、いかにも文学作品風の重さや濃厚さはなくて、語り手がさっぱりとくつろぎ、気持ちの赴くまま、記憶をたどりながら何となく話をはじめているように見えます。

古い話である。僕は偶然それが明治十三年の出来事だと云うことを記憶している。どうして年をはっきり覚えているかと云うと、その頃僕は東京大学の鉄門の真向いにあった、上条《かみじょう》と云う下宿屋に、この話の主人公と壁一つ隔てた隣同士になって住んでいたからである。

こんな口調からはじめられると、読者はちょっと油断してしまいます。でも、さりげない語り口ではありますが、この語り手にはかなり特徴的な癖があります。「偶然それが明治十三年の出来事だと云うことを記憶している」なんていう言い方です。このように偶然を強調するのはここだけではありません。「雁」という作品は、誰も狙っていなかったことが、ちょっとした運命のいたずらで起きてしまう。

あるいは逆に起きるはずだったのに起こらない。それをたどっていくと、くつろぎや弛緩や冗長さとは対極にあるものも見えてきます。

「雁」はとてもやわらかい出だしを持ちますが、決してテキトーな小説ではないのです。むしろ、仕掛けの凝らされた、実に緻密で知的な作品です。読んでいると、「なるほど~。そういうことですかあ」とついつぶやきたくなる符合が散りばめられている。こうした符合は、下手をするといかにも作りものという印象を作品に与えてしまうものですが、「雁」の作家は一枚上手です。わざと「偶然」を強調してそのありえないほどの符合性に注意をひいておきながら、うまく「くつろいだ語り手」を参加させることで、いつの間にか説得力を与えてしまうのです。鍵は、おそらく寓話性との付き合い方にあるのではないかと私は考えています。

やけに語り手がくつろいでる。

「たまたま」な話があちこち…

古い話である。僕は偶然それが明治十三年の出来事だと云うことを記憶している。どうして年をはっきり覚えているかと云うと、その頃僕は東京大学の鉄門の真向いにあった、上条《かみじょう》と云う下宿屋に、この話の主人公と壁一つ隔てた隣同士になって住んでいたからである。その上条が明治十四年に自火で焼けた時、僕も焼け出された一人《いちにん》であった。その火事のあった前年の出来事だと云うことを、僕は覚えているからである。

上条に下宿しているものは大抵医科大学の学生ばかりで、その外《ほか》は大学の附属病院に通う患者なんぞであった。大抵どの下宿屋にも特別に幅を利かせている客があるもので、そう云う客は第一金廻りが好く、小気《こぎ》が利いていて、お上《かみ》さんが箱火鉢を控えて据わっている前の廊下を通るときは、きっと声を掛ける。時々はその箱火鉢の向側《むこうがわ》にしゃがんで、世間話の一つもする。部屋で酒盛をして、わざわざ肴《さかな》を拵《こしら》えさせたり何かして、お上さんに面倒を見させ、我儘《わがまま》をするようでいて、実は帳場に得の附くようにする。先《ま》ずざっとこう云う性《たち》の男が尊敬を受け、それに乗じて威福を擅《ほしいまま》にすると云うのが常である。然《しか》るに上条で幅を利かせている、僕の壁隣の男は頗《すこぶ》る趣を殊にしていた。

この男は岡田と云う学生で、僕より一学年若いのだから、とにかくもう卒業に手が届いていた。岡田がどんな男だと云うことを説明するには、その手近な、際立った性質から語り始めなくてはならない。それは美男だと云うことである。色の蒼《あお》い、ひょろひょろした美男ではない。血色が好くて、体格ががっしりしていた。僕はあんな顔の男を見たことが

この岡田の説明、まどろっこしくない？

主人公はいったい誰？

まずはあらすじを確認しておきましょう。

「雁」の語り手は「僕」ですが、この「僕」は主人公ではありません。ただ、では誰が主人公かと言われると、ちょっと説明に困ります。とりあえず語り手は、自分と同じ下宿に住む岡田という美男子の学生を物語の主人公に仕立てようとします。岡田がある美しい女性と恋愛をはぐくもうとする――これが「雁」の主筋となるはずでした。しかし、話を辿っていくと、岡田の物語の向こうに別の物語が見えてきます。

それは他ならぬその美しいお玉自身の物語です。お玉は年老いた父親の生活を助けるために、妾となります。相手は金貸しの末造という人物です。末造はもともと大学で小間使いをしていたようですが、今では商売もうまくいって、ひとつ妾を持とう、という気になったようです。

こんなふうにお玉の物語を追おうとしているうちに、私たちは、自然、その旦那である末造の物語に足を踏み入れてしまいます。冒頭部ではこの末造の話は影も形もないのですが、やがて「雁」の大きな部分がこの末造の話題で占められることになります。高利貸しの妾持ちというと、いかにもステレオタイプにはまりそうです。実際、末造は金の計算にうるさく、ほどほどに好色で、でもほどほどに家庭的なところもある。いかにも成金の小人物という印象で、典型的な脇役に見えます。

ただ、鴎外の造型はけっこう丁寧で、「へえ」と思うような細部も書きこんでいます。たとえば、末造は奥さんと喧嘩したときには、神経が立つのでしょうか、決まって感覚がとても鋭敏になる。ある日、そんなふうに神経がざわざわしたまま散歩していると、店先でつがいの小鳥を見つける。すると、嫌な気持ちが落ちついてくる。その心境は「不断この男のどこかに潜んでいる、優しい心が表面に浮かび出ている」と描かれます。

この部分は、「雁」という小説における末造の位置をよく示しています。金貸し業で儲けた金で美しい女性を妾に持つ末造には、何となく卑しいような、何となくいい感じのしない臭いが付きまとっていますが、今の一節からは、語り手がしぶしぶ末造の美点を認めているという姿勢が読み取れます。小心者で、自己中心的で、金に卑しい末造に、意外に心優しいところがある。

これは単に汚点と美点とがバランスをとっているという話にはとどまりません。こうした箇所が示すのは、岡田とお玉の物語の引き立て役にすぎないように見えた末造が、一人の人間として、人物として立ちあらわれるということです。職業的・階級的に、あるいは知的・道徳的な面からも、岡田のような主要人物に比べると「下」に設定されていた末造が、なかなかの奥行きと人間味とを持つように思えてきます。一方向的な説明では理解できないような複雑さや、注意しないと見逃すようなデリケートな心の動きを持っている。下手すると岡田よりも繊細なのかとさえ思えてきます。

末造から岡田へのバトン

こんなふうに細部が書きこまれていくうちに、ストーリーはいよいよひねりが効いてきます。末造は手に入れたつがいの紅雀をお玉にやる。ところがこのつがいが思わぬ結果を引き起こします。たまたまお玉の家の前を通りかかった岡田が、青大将に襲われた紅雀のつがいを助けることになるのです。

岡田は毎日のようにお玉の家の前を散歩で通っていましたが、二人はこれまで言葉をかわしたことはありませんでした。ところが、この蛇退治の一件のおかげでついに事態が動き出します。しかも、皮肉なことにこの蛇退治を準備したのは、お玉につがいの紅雀を買ってやった末造なのです。何という偶然でしょう。何という符合でしょう。

しかし、お玉と岡田の関係はなかなか進展しません。お玉にはせっかく岡田と親しくなるための口実ができたというのに、なかなか思いきって話しかけられないでいる。お玉の葛藤は深まります。ストーリーの上でも末造は後景に退き、お玉の物語が中心になってきます。

このあたりからいよいよ佳境です。末造に、明日は泊まりだ、と聞かされたある日、ついにお玉は決心します。今しかない、と。お玉は旦那の留守をついて、岡田との関係を一歩進めようとします。

偶然ながら、岡田の物語ものっぴきならない局面を迎えます。急に洋行の話が持ち上がるのです。すでに岡田の出発は目前。ですから、もうこの日を逃したら、岡田がお玉と深く知り合うことはない。そんな日に、お玉は周到に準備を整え、心を決め、岡田を待ち構えている。

ところが、ここにもう一つの物語がからんできます。「僕」の物語です。「僕」はもちろん岡田とお玉とが、そんなきわどい局面に臨んでいることなどつゆ知りません。そして、たまたまその日に下宿屋の晩飯に苦手なサバの味噌煮が出たことから、岡田を誘い出してともに散歩に出るのです。

作品の「雁」というタイトルは、この散歩の最中に起きる出来事と関係しています。

二人が不忍池まで来ると、石原という知り合いの学生に出会います。そして、まったくの成り行きから、この石原にそそのかされる形で岡田は池の雁に向けて石を投げることになります。ところが思いがけないことに、岡田の投げた石は雁にあたってしまいます。岡田はもともと雁を哀れだと思い、逃してやるつもりで投げたのに、その石が命中し、しかも雁は絶命してしまった。

もちろん、ここに象徴を読みたくなる人はいるでしょう。雁は何なのでしょう。岡田の石が雁に命中するというのは何を意味するのでしょう。そして雁が絶命してしまったというのはどういうことなのでしょう。

でも、そうした問いはとりあえずおいておきましょう。それよりも大事なのは、こうして偶然雁を射止めてしまったことで、岡田はさらに予想外の展開に巻きこまれたということです。石原と「僕」と岡田の三人は、人に見つからないようにガードをかためて獲物の雁を運ぶことになります。そのため、お玉の待ち構える家の前を通ったときも、お玉には話しかけるタイミングが見つけられません。岡田とお玉とはそれぞれに頬を赤らめたように見えましたが、何も起きませんでした。起きようがなかったのです。お玉の顔には、ただ残念そうな色が浮かんでいました。

岡田はその翌朝には下宿をたってしまいます。お玉とは結局、何もありません。

鴎外の技

さて、こうしてあらすじをたどっただけでこの作品がいかに緻密な構成を持っているかがおわかりになったかと思います。末造の買った紅雀、岡田による青大将の退治、雁への投石など、印象的な場面もすごく丁寧にかつちょっと枯れた渋みとともに書かれていて、作りものという印象は与えません。誤解をおそれずにあえて微妙な表現を使って言えば、いかにも「リアル」なのです。おそらくこの「リアル」さは余計な虚飾のない抑制的な語り口から来ていると思われます。まるで墨だけでささっと描き上げたように風景がひきしまっているのです。不忍池で三人が雁の一群と出会う際の様子を描いた一節は以下のような具合です。

> 石原は黙って池の方を指ざした。岡田も僕も、灰色に濁った夕《ゆうべ》の空気を透かして、指ざす方角を見た。その頃は根津に通ずる小溝《こみぞ》から、今三人の立っている汀《みぎわ》まで、一面に葦《あし》が茂っていた。その葦の枯葉が池の中心に向って次第に疎《まばら》になって、只枯蓮《かれはす》の襤褸《ぼろ》のような葉、海綿のような房《ぼう》が碁布《きふ》せられ、葉や房の茎は、種々の高さに折れて、それが鋭角に聳《そび》えて、景物に荒涼な趣を添えている。この

bitume《ビチュウム》色の茎の間を縫って、黒ずんだ上に鈍い反射を見せている水の面《おもて》を、十羽ばかりの雁《がん》が緩やかに往来している。中には停止して動かぬのもある。

「あれまで石が届くか」と、石原が岡田の顔を見て云った。


何としみじみと静かで、克明な景色でしょう。しかし、押しつけがましさはない。むしろこちらが目を凝らして一緒になって映像を完成させたくなるような、穏やかな受け身性をたたえてもいる。この静かなよそよそしさにこそ、私たちが「リアル」と呼びたくなる何かが潜んでいるのではないかと私は思います。作りものという感じはしない。言葉で作られた風景なのに、言葉を越えてその向こうに風景が、そして世界が立っているように見えます。

鴎外はこんな景色を軽々と書いてしまえる人なのです。「雁」にもあちこちにこうした名人芸のような描写があります。こうした風景を連ねるだけで、小説世界は立派に自立しそうです。

「リアル」を壊す

ところが不思議なのは、「雁」の語り手がわざとそんな「リアル」に風穴をあけようとすることです。先の雁のエピソードの前には、語り手はこんな一節を挿入します。

西洋の子供の読む本に、釘《くぎ》一本と云う話がある。僕は好くは記憶していぬが、なんでも車の輪の釘が一本抜けていたために、それに乗って出た百姓の息子が種々の難儀に出会うと云う筋であった。僕のし掛けたこの話では、青魚《さば》の未醤煮《みそに》が丁度釘一本と同じ効果をなすのである。

せっかく文句のつけようのない揺るがぬ風景を描き出すというのに、こんな軽口めいた前置きをされたら台無しではないでしょうか。すべては語り手によってこしらえられた机上のお話だとほのめかされているようなものです。小説の最後でも、語り手の「僕」は次のような、一見、無用とも思えるしめくくりをしています。

僕は今この物語を書いてしまって、指を折って数えて見ると、もうその時から三十五年を経過している。物語の一半は、親しく岡田に交《まじわ》っていて見たのだが、他の一半は岡田が去った後《のち》に、図らずもお玉と相識になって聞いたのである。譬《たと》えば実体鏡の下にある左右二枚の図を、一《いつ》の影像として視《み》るように、前に見た事と後に聞いた事とを、照らし合せて作ったのがこの物語である。

こうした語り手のでしゃばりはいったい何を意味するのでしょう。語り手などというものは黙って引っこんでいた方がよほど話はうまくいく、邪魔をしないで欲しい、と言いたくなる。

しかし、果たしてどうでしょう。ひょっとすると、こうした作りものらしさがあるからこそ、私たちは「雁」というこの緻密な作品を受け入れられるのかもしれません。冒頭の一節に戻ってみましょう。岡田がはじめに紹介されるのは次の箇所です。

岡田がどんな男だと云うことを説明するには、その手近な、際立った性質から語り始めなくてはならない。それは美男だと云うことである。色の蒼《あお》い、ひょろひょろした美男ではない。血色が好くて、体格ががっしりしていた。僕はあんな顔の男を見たことが殆ど無い。

ここでも語り手がでしゃばって邪魔なほどです。こんなふうに「説明」なんていう言葉を使わなくても、さっきの不忍池の風景のように静かに抑制の効いたよそよそしい画面におさめておけば、岡田だってよほど「リアル」に見えるのではないでしょうか。

語り手のこうした態度から透けてみるのは、「雁」という作品の全体を一種の「種明かし」として仕立て上げようというもくろみです。はじめに謎かけめいた思わせぶりな種をまいておいて、実際の物語展開を通して、その謎かけを解いてみせる。そうして「あー、そういうことだったかあ」と読者に言わせる。

これでは小説の一歩手前とも見えます。正解のある物語を私たちは寓話と呼びます。物語を通して何らかの教訓や意味を読み取らせる、それが寓話の語りです。たしかに読んでいる方としては寓話の方が安心です。謎解きがあって正解が待っていてくれるのだから。宗教の力が強かった前近代は、寓話的な語りに満ちていました。これに対し近代になると宗教の力は衰え、正解などあるのかどうかもわからなくなり、小説の時代が到来します。もはや寓話は、前近代的な子供っぽい装置と見なされるようになります。

「雁」では、呑気で出しゃばりな語り手がぬっと顔を出すことで、せっかく芽生えた「リアル」の萌芽を摘み取ってしまうように見えます。たしかにつじつまは合うし、種明かしもされるけれど、そのせいで窮屈な寓話の中に物語がおさまってしまいそうに見える。わざわざ「リアル」が壊されている。

しかし、私には語り手による介入はとても魅力的なものにも見えます。おそらく鷗外は私たちが考えるよりももっと自由なところにいたのでしょう。ストーリーというものがどう語られるべきか、まだまだいろいろな可能性をためしてみることができる場所があった。たしかにご都合主義が「リアル」をぶち壊しにするかのようですが、そのわりに物語がそれほど作為に縛られているとは思えない。何と言っても、割って入る語り手が、何だか堂に入った図々しさのようなものを身につけているからです。

その図々しさをたどると、やはり作品のそこここに埋められた小説の種にいきつくように思います。小心者の高利貸しである末造はいかにも寓話的な人かもしれませんが、先ほど確認したように、末造は寓話的なステレオタイプを突き破って、近代小説的な人物として立ちあらわれます。お玉や岡田はどうでしょう。彼らは今にも結ばれそうなのに、いかにもとってつけたような偶然の作用で結局結ばれません。私たちはそうした寓話的な「偶然」を物語の結論として受け取る一方で、お玉が妾としての日常に感じる退屈や、岡田の出世欲や優柔不断から何かを感じたりもします。そこにあるのは、語り手の図々しさや「くつろぎ」にも通ずる、登場人物としてのスキのようなものです。彼らはそうした「くつろぎ」によってこそ、人物として生かされている。「雁」は痛快な小説です。しかし、その痛快さは寓話的なわかりやすさそのものによって引き起こされるのではないと私は思います。むしろ語り手自身が仕組んだ寓話性や作りものらしさを、彼の語る物語そのものが裏切ってしまうところがすごい。とても類型的な寓話的枠組ではまとめられない、末造やお玉や岡田や「僕」だけがそれぞれ持っている、ごくプライベートな人間臭がそこには露出しているのです。

No. ……………

コラム

先人のつっこみ～佐藤正午『小説の読み書き』より

小説家の佐藤正午さんは一年に一度か二度、サバの味噌煮を食べるときに「雁」のことを思い出すそうです。いったい、なぜでしょう。

「雁」は「登場人物の頭の中がていねいに解剖され」、「ぜんぶ実体験で覗けてしまう」。そのせいで「痒いところに手が届くというか、むしろ痒くないところにまで手が届いてしまう小説」だと佐藤さんは言います。

でも、「雁」の中にはぽっかりと空白部分がある。語り手がどうこのストーリーとかかわったかについて、根本的な謎がある。「痒くないところまで手が届いてしまう」のに、実は奥の奥に謎を抱えているというのが佐藤さんの考えです。

そこでサバの話になります。佐藤さんがサバの味噌煮を食べるたびに「雁」を思い出すのは、この作品が彼にとって解答欄がブランクになった一種の「練習問題」として記憶されたからだというのです。

すなわち、「雁」ではサバの味噌煮嫌いのせいで事件が起きるが、これを何か別の

No. ....

ものにおきかえて登場人物の運命が変わるストーリーを一つ考えなさい、と。
なるほど、小説そのものが「練習問題」とは。さすが小説家らしい見方です。

⑬芥川龍之介「羅生門」

〜不穏な世界を突き進む

「きわどい場所」からはじめる

「羅生門」は冒頭から猛然と飛ばしてくる作品です。「どうだ！　すごいだろ？　こいよ」と語り手が身を乗り出しながら語りかけてくる。スペクタクル性もたっぷりで、疫病の蔓延する都の荒涼とした風景を、読者にぐいぐい突きつけてきます。

これまで見てきた作品は、程度の差こそあれ、フィクションでないふりをすることがしばしばありました。語り手は「オレ、弁士じゃないし」と、なるべく身を隠すのが通例。これに対し「羅生門」はそうしたリアリズムの作法にはこだわらず、とにかくこちらを圧倒しようと一生懸命になっているように見えます。

この「のめり具合」がすごい

ある日の暮方の事である。一人の下人《げにん》が、羅生門《らしょうもん》の下で雨やみを待っていた。

広い門の下には、この男のほかに誰もいない。ただ、所々丹塗《にぬり》の剥《は》げた、大きな円柱《まるばしら》に、蟋蟀《きりぎりす》が一匹とまっている。羅生門が、朱雀大路《すざくおおじ》にある以上は、この男のほかにも、雨やみをする市女笠《いちめがさ》や揉烏帽子《もみえぼし》が、もう二三人はありそうなものである。それが、この男のほかには誰もいない。

何故かと云うと、この二三年、京都には、地震とか辻風《つじかぜ》とか火事とか饑饉とか云う災《わざわい》がつづいて起った。そこで洛中《らくちゅう》のさびれ方は一通りではない。旧記によると、仏像や仏具を打砕いて、その丹《に》がついたり、金銀の箔《はく》がついたりした木を、路ばたにつみ重ねて、薪《たきぎ》の料《しろ》に売っていたと云う事である。洛中がその始末であるから、羅生門の修理などは、元より誰も捨てて顧る者がなかった。するとその荒れ果てたのをよい事にして、狐狸《こり》が棲《す》む。盗人《ぬすびと》が棲む。とうとうしまいには、引取り手のない死人を、この門へ持って来て、棄てて行くと云う習慣さえ出来た。そこで、日の目が見えなくなると、誰でも気味を悪るがって、この門の近所へは足ぶみをしない事になってしまったのである。

その代りまた鴉《からす》がどこからか、たくさん集って来た。昼間見ると、その鴉が何羽となく輪を描いて、高い鴟尾《しび》のまわりを啼きながら、飛びまわっている。ことに門の上の空が、夕焼けであかくなる時には、それが胡麻《ごま》をまいたようにはっきり見えた。鴉は、勿論、門の上にある死人の肉を、啄《ついば》みに来るのである。――もっとも今日は、刻限《こくげん》が遅いせいか、

ちょっと一生懸命すぎやしませんか？

リラックスも大事よ

論理的な"つなぎ"

たとえば冒頭部の一節を見てください。

広い門の下には、この男のほかに誰もいない。ただ、所々丹塗《にぬり》の剥《は》げた、大きな円柱《まるばしら》に、蟋蟀《きりぎりす》が一匹とまっている。羅生門が、朱雀大路《すざくおおじ》にある以上は、この男のほかにも、雨やみをする市女笠《いちめがさ》や揉烏帽子《もみえぼし》が、もう二三人はありそうなものである。それが、この男のほかには誰もいない。

何故かと云うと、この二三年、京都には、地震とか辻風《つじかぜ》とか火事とか饑饉とか云う災《わざわい》がつづいて起った。そこで洛中《らくちゅう》のさびれ方は一通りではない。旧記によると、仏像や仏具を打砕いて、その丹《に》がついたり、金銀の箔《はく》がついたりした木を、路ばたにつみ重ねて、薪《たきぎ》の料《しろ》に売っていたと云う事である。

時間としての「暮方」、場所としての「門」など、きわどい場所が舞台に設定されていることからもわかるように、不穏な気配がたっぷりです。ましてや門の名前は「羅生門」。森羅万象とか曼荼羅、修羅といった言葉に含まれる「羅」の文字の迫力に打たれたことのある人もいるでしょう。もともと「羅」は網の目のような並びのことを指しますが、それが「羅・生・門」とセットになり、かつ門というきわどい場所が想起されると、嫌でも生と死をめぐる深い思弁にこちらを誘います。

「この男のほかに誰もいない」という状況も、それだけ取ると驚くにたらないのですが、「誰もいない」という強調的な言い方のせいで、一人きりでいることがさも重大な事件であるかのように聞こえます。その「この男のほかには誰もいない」という文が段落の最後でもう一度繰り返されると「これは、きっと何かが起きるに違いない……」という印象が強まります。語りの力みが荘厳さや深遠さを示唆するように思えてくる。

また、この一節では、傍線で示した箇所からもわかるように、文の頭にいちいち「ただ」「それが」「何故かと云うと」「そこで」といったつなぎの言葉が入っています。こういう論理的な〝つなぎ〟があるとどんな印象をもたらすか。これだけ用意がされていると、話がこの先どんなふうに進んでいくかがわかりやすくなります。親切な道路標識がくどいほどしっかり立っているから、語り手が読者の手をしっかり握り、ぐんぐん前へと導いていると感じられます。

こうした語り口は、小説以外のジャンルではよく見られるものです。たとえば自己啓発書などでは、わかりやすく敷かれたレールの上を予定通り話が進んでいくのがふつうで、こうした標識をたっぷり使って、読者が迷わないように筋道を明確にする。想定外のことが起きるときも「これから想定外のことがおきますから、気をつけてね！」といった標識が立てられる。

そこでふと頭に浮かぶのは、では、小説は〝想定〟とは縁がないのか？　ということです。当たり前のことばかり書いていては、たしかに小説にも物語にもなりそうにない。だから想定を外すのか。ところが、「羅生門」の冒頭部はあえてそんな予定や想定をたっぷりとりこんでいるようにも見えます。ということは、ここでおこなわれているのは小説というジャンルに対する反逆なのでしょうか。

小説が小説になるための条件

実はこのあたりが「羅生門」という作品を読むにあたっての鍵になります。今、私は小説とか物語といった語をあえて区分せず、あいまいに使ってきました。一般には小説や物語や語りといった語がほぼ同義で使われる場合も多くあります。しかし、ここでは小説と物語の境目は重要です。

「小僧の神様」や「雁」などの章でも触れましたが、物語という語を使う場合、人間が太古の昔から慣れ親しんできた広い意味での「お話」を指して言うことが多いです。ストーリー性やそこに付随する教訓などに焦点があたる。対して、小説とはあくまで近代の産物。個人の内面や中産階級の日常生活といった要素がかなり必須のアイテムとして取り込まれてきた経緯があります。そこでは日常性の上に立った特有の〝リアリズム〟が暗黙のうちに前提とされるし、何より、ストーリーそのものより、それをどう語るかの方が大事になってきます。語り手の背後にいる作家の人間性もしばしば話題になる。

単にストーリーをわかりやすく、かつおもしろおかしく語るだけなら、実は先ほどから触れている標識はむしろ便利です。というのも、標識は話の行く先を示すのにも便利ですが、逆に、示すと見せて裏切るのにも有効だからです。ですから、物語の意外な展開をより効果的にするためには、ああした標識をどんどん使ってみるのも悪くはない。

では、もしそれが小説であったらどうでしょう。小説というのは実に複雑なジャンルで、もちろん、どきどきするようなストーリーやミステリーを語ることもできるのですが、同時に私たちはそこに語り手の屈託や、その背後にいる小説家のもやもやのようなものをも読み取りたくなるし、そうでないとちょっと物足りないと思ったりもします。つまり、単なるおもしろい「お話」に終わってしまうと「ん？　それだけ？」という気持ちになる。

「羅生門」の過剰なほどの標識は、手取り足取り読者を導くかもしれません。しかし、そのことで私たちは極端なほどに「お話」に注意を差し向けることを要求された気分にもなります。小説を読むというのは、ほんとうは「お話」よりも雑音にさらされる経験なのです。ページ上には、意味があるのかわからないさまざまな情報が交錯し、筋があるのかないのかさえわからなくなる。雑音の中に本来のストーリー性が埋没してしまいそうになる。

でも、おそらく私たちはそこにこそ「リアル」を感じるのでしょう。私たちの日常世界は決して単純でわかりやすい物語の形などはしていません。ときに思わず運命やストーリーを読み込みたくなるようなことも起きるかもしれないけど、目に入ってくるのはたいがいは意味など読み取れない、不協和音や雑音や不条理ばかりです。だから、そうした日常経験を何とか拾って意味を与えてくれるような言葉を私たちはいつも欲してもいる。小説はそうした要請にこたえてきたのです。

ということは、「羅生門」の冒頭のように、ストーリー優先でいかにもロジカルに状況が説明されてしまうと、私たちが小説に求める、語り手の鬱屈や逡巡が隠蔽されてしまうのではないかという気もします。

嘘っぽさの生むリアルさ

しかし、実はそうではないのです。というのも、この冒頭部の丁寧な標識は、まさにその過剰さゆえに、この作品の小説らしさを準備するからです。

ここで「羅生門」のストーリーを確認しておきましょう。主人公は冒頭部で登場した下人です。下人という言葉は今では使いませんが、舞台に設定されている平安時代には雑事をやらされていた身分の低い雇い人のことを指していました。世はすさみ、下人は職を失って食うにも困っています。この上は盗賊にでもなるしかないか、と悩んでいるようです。

ところがこのあたりの事情を説明する段で、語り手が急に前に出てきます。「作者はさっき、『下人が雨やみを待っていた』と書いた。しかし、下人は雨がやんでも、格別どうしようと云う当てはない」などと言い出すのです。つまり、てっきりストーリーだけがごくなめらかに語られるのかと思いきや、急に作者が顔を出して、悩んだり言い直したりしはじめる。「あれ？　あれ？　あれ？」と読者としては思うのです。

ただ、たしかに「あれ？　あれ？」とは思うものの、それほどびっくりするわけでもありません。まあ、それぐらいのこともあるかもね、という気持ちもある。なぜなら、先ほどの過剰な標識が、いつの間にか語り手の存在感を強めていたからなのです。冒頭部の過剰なスペクタクル性や物語性の強調は、その演出の過剰さゆえに、むしろ語りの人工性をほのめかした。有り体に言えば、何となく嘘っぽい感じをさせていたのです。「これはフィクションなんですよ。お話にすぎませんよ」というシグナルが出ていた。

しかし、物語の信憑性にはクエスチョンマークがついたかもしれないけど、「フィクションなんですよ」と言うくらいだから、逆にその向こうにフィクションや物語を超えた、もっと足場のしっかりした場所があるようにも感じられる。「フィクションなんですよ」と言えるのは、フィクションの外に出た人だけだからです。こうして、物語の信憑性をいわば犠牲にすることで、物語の語り手に対する信頼感のようなものが醸成されてくるわけです。

このあたりは芥川の巧みなところです。いかにも「お話」めいたきらびやかさではじまった語りなのに、それを逆用する形で、小説的な次元が導入されている。語り手は「お話」特有の紋切り型や過剰演出からするっと自由になり、たとえば下人の「にきび」のことを描写したりします。このおかげで、この下人は単なる物語の主人公ではなく、近代小説ならではの「個人」として再登場するのです。そのおかげで、彼には「内面」が備わります。

近代人と心変わり

このあとのストーリー展開はそれほど派手なものではありません。下人が羅生門にのぼると、その楼には多くの死体がうち捨てられていた。グロテスクな光景です。そこで下人が目にしたのは、そのグロテスクさをきわめたとも言える行為でした。老婆が死体から髪を引き抜いていたのです。

しかし、「何をしていた」と詰問する下人に対し、老婆が明らかにしたのは、そのグロテスクさに水を差すとも言えることでした。髪は鬘に使える。老婆は死体から髪を盗んで売り、それで何とか生計を立てようとしていたというのです。

それでも「うわ！　なんてグロテスクな！　気持ちわりぃ〜！」と思う人もいるでしょう。しかし、ちょっと冷静になってみてください。老婆のありさまは一見したほど恐ろしくも気持ち悪くもないのではないでしょうか。むしろひどく現実的です。生計を立てるために、誰もきちんと埋葬してくれなかった死体から髪を失敬する。日常性の泥臭さにまみれた行為なのです。スペクタクルでも神秘でもない。倫理性すら超越していそうに思えてくる。

　この転換はほんとうに見事です。老婆の髪の毛盗みは、「羅生門」を、突如、ファンタジックな「お話」の世界から、日常性にまみれた近代リアリズム小説の世界に引きずりおろしてきたのです。

　それだけではありません。この老婆の行為の目撃と相前後して、下人も近代的な個人へと生まれ変わっています。近代的な個人を特徴づける所有物は何と言っても「内面」です。下人は考える人となった。そして迷う。でも、それだけでは十分に内面的とは言えません。内面の最大の特徴は、変わるということです。しかも、思ってもみなかった方向へと変わる。理解できない、予想できない、コントロールできない心を持つこと。まさに近代人の近代人らしさを保証するものです。近代小説が書いてきたのもこれなのです。

　こうして、いかにも何か重大な出来事の起きそうな「お話」としてはじまった「羅生門」は、出来事ではなく内面へとフォーカスを移します。老婆の行為を目撃した下人は、はじめ老婆の行為に憤りを感じた。そこに「悪」を見たから。物語的な展開からすれば、そこに殺意を読み取りたくなるところです。私たちはどこかでそんな展開を覚悟する。何しろ、そこは疫病に倒れた人々の死体がうち捨てられた境界的な「門」なのです。また一つ「死」が発生してもおかしくはない。下人は老婆に刀をつきつけた。

しかし、そこで明らかになったのは、老婆のいじましい日常でした。

そしてそんな老婆のリアリズムに巻きこまれるようにして、下人も善悪をめぐる形而上学的な思弁から自由になります。そして憤りから老婆を殺害するなどという行為をあっさりとうち捨て、まるで老婆を模倣するかのように、彼自身のリアリズムに立ち戻ります。食わねばならない。老婆の理屈に勇気を得たかのように、下人は盗みをすべきかどうかという思弁を軽々と超越してしまいます。答えは決まっているのです。食べねばならないのです。食べるためには、必要なものを得るしかない。もはや選択の余地はありませんでした。下人は老婆の着物を奪い、闇の中に消えていきます。

下人の強奪はそれなりの物語性を持ちます。しかし、それよりも重要なのは、下人の心変わりでした。彼の気持ちは軽蔑すべきものと見えた老婆に思いがけず影響されて解放され、すっかり別のものとなってしまった。下人自身、こんな展開は予想していなかったでしょう。まさか、自分がこんなふうに考えるようになるなんてと驚いたことでしょう。むろん、私たちが一番びっくりするのもそこです。強奪かどうかということはさして重要ではない。そして、あらためて考えてみると、こういう種類の驚きを書けるということが、小説というジャンルの強みでもあるのです。

⑭ 葛西善藏「蠢く者」

~私小説に響く不協和音

私小説臭とは？

私小説と言えば、この本ではすでに志賀直哉の「城の崎にて」を取り上げました。また、必ずしも私小説作品とは言えなくとも、太宰治の『人間失格』や梶井基次郎の「檸檬」など、著者の実人生をかなり忠実に再現し、私小説同然、もしくはその一歩手前と呼んでいいようなものも扱いました。そうした作品に比しても、これから取り上げる葛西善蔵の「蠢く者」はとりわけ私小説臭の強い作品です。

「私小説臭」とは何か。そもそも「私」のことをありのまま書けば私小説になるというわけではありません。いかにも私小説らしいと言えるような作品にはある特徴があります。よく知られているように、私小説作家はしばしば〝破滅的〟な人生を歩みました。破滅の多くは、女性問題、仕事の失敗——とりわけ執筆をめぐる苦悩——、それから酒、病などを原因としています。貧困と家庭の崩壊は私小説作家の専売特許と言っていいほどです。彼らはこうした破滅の軌跡を、これでもかと曝くようにして描いた。しかもプロットが立ってドラマチックに読めたりすることよりも、とにかく記録し吐露することに重点が置かれている。ストーリーのおもしろさを殺してでも、悲惨な八方ふさがりの状況に置かれた主人公の〝魂の叫び〟を前面に押し出すのです。

葛西の「蠢く者」はそうした要素をことごとく備えた作品です。私小説臭が強く漂うのはそのためです。私小説の典型と言ってもいい。ただ、典型だからと言って、必ずしも純粋という形容があてはまるわけではありません。こんなことをわざわざ確認するのは、「蠢く者」が雑音や不協和音を含み、ごちゃごちゃといろんな声が聞こえてくる作品でもあるからです。すっきりきれいにパターンを提示するようなものではない。でも、だからこそ、〝魂の叫び〟が聞こえるとも言えます。

「蠢く者」を読むと、そもそも私小説というジャンルがやろうとしていたのが何かということがよく見えてきます。純粋な私小説などという形式があったわけではなかった。むしろ、私小説は、フィクションというジャンルの形式的な純粋さをたえず揺すぶり、ずらしていこうとしていたのではないか。そうした揺れやズレを通してこそ、何かを表現しようとしていたのではないか。〝魂の叫び〟なんて言うと、大袈裟で芝居がかって嘘っぽく響くかもしれませんが、それは思いのほか、地味で些末なものなのかもしれません。

「のだ」は切り札です。

強烈！でもなぜ「父の死」？

父は一昨年の夏、六十五で、持病の脚氣で、死んだ。前の年義母に死なれて孤獨の身となり、急に家財を片附けて、年暮れに迫つて前觸れもなく出て來て、牛込の弟夫婦の家に居ることになつたのだ。その時分から父はかなり歩くのが難儀な樣子だつた。杖無しには一二町の道も骨が折れる風であつたが、自分等の眼には、一つは老衰も手傳つてゐるのだらうとも、思はれた。自分も時々鎌倉から出て來て、二三度も一緒に風呂に行つたことがあるが、父はいつもそれを非常に億劫がつた。「脚に力が無いので、身體が浮くやうで氣持がわるい」と、父は子供のやうに浴槽の縁に掴まりながら、頼りなげな表情をした。流し場を歩くのを危ぶながつて、私に腕を支へられながら、引きずられるやうにして、やうやくその萎びた細脛を運ぶことが出來た。

「こんなに瘠せてゐるやうで、これでやつぱし浮腫《ひく》んでゐるんだよ」と、父は流し場の脛を指で押して見せたりした。

「やつぱしすこし續けて藥を飲んで見るんですね」

「いや、わしの脚氣は持病だから、藥は效《き》かない。それよりも、これから毎日すこしづつそこらを歩いて見ることにしよう。さうして自然に脚を達者にするんだな。そして通じさへついて居れば……」と、父はいつも服藥を退けた。

父、弟夫婦、弟たちのところから小學校に通はせてある私の十四になる倅、父が來て二三日して産れた弟の長男——これだけの家族であつた。牛込の奥の低い谷のやうになつ

父のセリフがいちいちすごい

来ましたね

ここですよね

父からはじめる

「蠢く者」の冒頭は次の一文ではじまります。

父は一昨年の夏、六十五で、持病の脚氣で、死んだ。

この一文に続いて、持病の脚気で苦しみながらも、何とか生き延びようと散歩を日課に取り入れ、病状の改善につとめていた父の様子が、痛々しい細部とともに描き出されます。

実は主人公の父は、作品の中心部ではほとんど登場しません。なのに、なぜ、作家は最初の一文を父の死ではじめ、大事な冒頭部でたっぷりスペースをとって病に苦しむ父の様子を描いたのでしょう。

このことを考えるために、まず作品の大まかな概要から確認しましょう。作品では貧困と病に苦しむ「私」のエピソードがいくつか語られますが、その中心となるのは、女性問題です。妻子を田舎に残して単身東京住まいをしていた「私」は、下宿先で食事の世話をしてもらっていた料理屋の娘と関係を持ってしまいます。その後、関東大震災で被災し、仮住まいを強いられますが、そこに女が押しかけてきて帰らない。二人は醜く罵り合い、「私」は感情的になって女に暴力を振るったりする。そんな果てに、女が一時妊娠していたことが判明します。しかし、彼女は「私」に黙ってその子供を堕胎していた。そのことを聞いて、「私」はいよいよ絶望の念を深くする、という場面が、作品のクライマックスとなっています。

「蠢く者」とは、女の腹の中で生きていたはずの子供のことを指すと考えられます。しかし、それだけではありません。大震災のときの地面の揺れ、悪いものを食べて調子の悪くなった腹、死期が近いのに生き延びようと必死にもがく父など、この作品にはさまざまな「蠢く者」があふれてもいます。必死に生きようともがきながらも、もがけばもがくほど人は苦しい状況に墜ちていく——作品のタイトルはそんな宿命を暗示しているかのようです。

何という救いのない、暗澹たる状況でしょう。

しかし、実際に作品を読んでみると、こうしてあらすじとしてまとめたほどには息の詰まる気分にはならない。というのも、こうした絶望的な状況の、その「絶望性」が微妙にずらされ、相対化されてもいるからです。

誰もが父となる

そこで効いてくるのが、冒頭部の父の描写です。語り手の「私」はまるで朽ちていくように病に冒される父の様子をこんなふうに描きます。

「脚に力が無いので、身體が浮くやうで氣持がわるい」と、父は子供のやうに浴槽の縁に掴まりながら、頼りなげな表情をした。流し場を歩くのを危ぶながつて、私に腕を支へられながら、引きずられるやうにして、やうやくその萎びた細脛を運ぶことが出來た。

その台詞からも、浴槽に掴まる仕草からも、父の弱さ、惨めさ、哀れさが鮮烈に浮かんできますが、同時に注意したいのは、ここでは父が「子供」にたとえられているということです。父はもはや父権的な父ではない。むしろ子供のようである。その向こうには、父の子供である「私」の姿も垣間見えます。本来は「子供」であるはずの私が、父であるはずの、しかし今や「子供」のように弱く臆病になった人物を介護している。

この先の物語では「私」自身の子供や、「私」がついに見ることのなかった堕胎された子供の話も出てきますが、私たち読者はそうした場面で、父のこの「子供」のような様子を思い出すでしょう。というのも、私に見守られたり、思いを寄せられたり、想起されたりする「子供」は、いずれは「子供」のようになった「父」を見つめるかもしれないからです。少なくとも可能性はある。現在は「父」ではあっても、すでに「私」は「私の父」と同じように弱りつつあり、いつか「子供」のようになるのは必至。今まさに「私」がそうしているように、「私の子供」に見守られることにもなる。

ここから読み取れるのは、父が、「私の父」という限定を超えて、誰もがなりうる普遍的な人間像を提供していることです。父として君臨するはずの存在が、いかに弱く、はかなく、見苦しく死んでいくか。父の死は、人間の運命の象徴です。主人公は父の姿を描くことを通して、人間のはかなさに感じ入っている。

「私」のテレ

しかし、おもしろいのは、「自分も父と同じ運命をたどるのだ」という詠嘆調の悟りが、いとも簡単に蹴り飛ばされもするということです。冒頭部で父の死の様子を想起した語り手の「私」は、たしかにいったんは次のような感慨にふけります。

失敗と不幸の一代を送つて來て、殊に生の執着心を失つてゐたらしく見えた父の、最後に見せて呉れた根強い生への執着は、其後自分にいろいろなことを考へさせた。

ところがこの直後なのですが――そしてここからいよいよメインのストーリーがはじまるわけですが――語り手は急に赤面し、たった今ふけっていた感慨から顔をそむけてしまうのです。

が、こゝまで書いて來て、フツト、自分ながらひどく意氣込んで書いて來たことにテレた氣持になり、ペンを止めて、ついこの四五日前から始めた日課の散歩にと、下宿を出た。

これまで書いてきたことをまったく捨て去ってしまうかのような気まぐれな所作がここに入ります。あの悟りは嘘だったのでしょうか。父と自分との重ね合わせは解消されてしまうのでしょうか。しかし、それにしては、この主人公は父と同じように散歩を日課にしていたりして、あいかわらず父の影は払拭されていないようでもあります。

実はこうした部分こそが、先に言及した「絶望がずらされている」という感覚とつながっているのです。作者はたしかに進退窮まった主人公の窮状をこれでもかと描きこみます。まさに息詰まる惨状としか言いようがない。しかし、語り手はいつこういうふうに気まぐれに視線をそらしてもおかしくない人でもある。意気込んで一生懸命になっていても、急に「フツト、自分ながらひどく意氣込んで書いて來たことにテレた氣持になり、ペンを止めて……」などと言いながら、今まで作り上げてきた世界からひゅっと身を翻してしまう。

私小説は事実をありのまま書くジャンルだと思われています。ある程度はその通りなのでしょう。でも、「蠢く者」を読んで感じるのは、そこにいつも「フツト、自分ながらひどく意氣込んで書いて來たことにテレた氣持になり」という瞬間が待ち構えているということです。私小説作家は、ありのままを書こうという強い気持ちは持っている一方で――あるいはだからこそ――書いていることをいつでも捨ててしまえるような、自身の書きものの真実性をつねにうたがうような心持ちをも〝常備〟しているのではないでしょうか。

そして私小説の事実らしさのようなものを支えているのは、むしろこの「テレ」であり、疑いであり、距離なのかもしれません。つまり、「これはほんとうだ！　真実だ！　ありのままなのだ！　是非信じてくれ、読者よ！」と強弁するのではなく、「これは嘘かも知れないなあ」と急に赤面してしまう語り手をこそ私たちは信じたいのではないか。私小説では二つのベクトルが拮抗しているのです。強く何事かを信じ、感じ、思う気持ちと、そうした強さから微妙に逸れていく別の心の動きとがセットになっている。小説中を生き、感情を経験している人物と、それを見つめる作家の目との間に微妙なズレがあるのです。このズレこそが、小説の力を支えている。

私小説と「のだ」

このズレを示すもう一つの特徴に触れておきましょう。

私小説に出てくる「……のだ」という語尾のことです。私はこれはとても重要な特徴だと思っています。「蠢く者」の冒頭部でも「のだ」は効果的に使われています。

前の年義母に死なれて孤獨の身となり、急に家財を片附けて、年暮れに迫って前触れもなく出て來て、牛込の弟夫婦の家に居ることになつたのだ。

この「……のだ」にこめられているのは、まずは強調のニュアンスです。語り手の感情の高まりのようなものが感じられる。しかし、それだけではありません。「……のだ」には、過去を振り返ることで事態の顛末を見渡し、理由や原因を補足して付け足すような、どことなく説明的なスタンスも見て取れます。

たとえば次のような例にはそうした意味合いが読み取れるでしょう。

彼は一歩一歩とその爆弾に向かって進んでいった。まわりの人間は固唾を呑んでそのようすを見守っている。黒ずんだその鉄の塊の前まで来てもいっこうに彼の歩くスピードが緩められる気配はない。彼はその爆弾の真管が抜かれ、爆発の危険がないことをすでに知っていたのだ。

「……のだ」という表現の特徴は、後から振り返る形でその背後にあるものを明らかにするということです。この例で言えば、「彼」が爆弾が爆発しないとを知っていたことは、語り手にははじめからわかっていたはずなのに、最後になってやっとそれが明らかにされる。だから最後の文は、「なぜなら、彼はその爆弾の真管が抜かれ、爆発の危険がないことをすでに知っていたからだ。」というふうに「なぜなら」を使って書き換えても、同じような意味になりうる。

こうした「のだ」にはどのようなニュアンスが生まれるでしょう。「のだ」という語尾はそれだけで強調のニュアンスを持ちます。たとえば「彼は市会議員だ」とか「彼は市会議員である」よりも、「彼は市会議員なのだ」の方が、いかにも強調してますよ、という語り手の姿勢が出ます。でも、先ほどの爆弾の例のような理由や背景説明のニュアンスをこめた「のだ」の場合には、同じ強調でもひと味違う強調がこめられます。そこに仕組まれているのは、すでにわかっていることなのにはじめは言わないでおいて、わざわざ後で明らかにする、というサスペンスと驚きの要素です。こうした仕掛けは「プロット」と呼ばれます。

このような仕掛けは明らかに芝居がかったものに思えるでしょう。でも、まさに「芝居」という言葉が示すように、芝居がかったドラマチックなものへの憧れはあらゆる物語に見いだせる、語りのエッセンスのようなものだと言えます。わかっていることをすべて言ってしまっては物語にはならない。わかっていることをあえて言わず、最後の最後まで遅延して言うからこそ物語になる。つまり、こうした「のだ」には物語が物語であることを際立たせる役割があると言えます。「のだ」は物語のミニチュアだと言ってもいい。それはストーリー語りの縮図なのです。ただ、大事なのは、私小説に使われる「のだ」にはさらに加えて、語り手自身のストーリーからの乖離――ズレ――もこめられうるということです。

「蠢く者」をはじめとした私小説の「のだ」に見て取れるのは、あとから遅れての〝付け加え〟の仕草を通して、語り手がすでに自分で言ったことを訂正したり、批判したりしてもいるということです。強調とともに真相を開示して物語的な落着に至るのではなく、むしろ、以前に言ったことを「のだ」というさかのぼりによって取り消したり、ずらしたりすることで、そもそも落着などありえない感覚を示す。「のだ」という語尾には、現在進行形の「今」が乗り移っているのです。

そこからは、何とか自分から距離を置こうとする生きているナマの語り手の姿が浮かび上がります。「のだ」を通して、小説中に描かれる自分のかわりに、語っている自分こそが主導権を握るのです。

いったん言ったことを訂正するかのように後から言い直すという仕草は、とても不器用に見えるものです。なかなかうまくいかない。むしろ生きた物語におぼれる方がよほどスムーズです。にもかかわらず、私小説ではこうしてところどころで感情と強調をこめて「のだ」を挿入することで、語り手と「私」とのズレをあらためて確認している。一生懸命語り、力を入れれば入れるほど、かえって語り手が「私」になりきれない。まさに隔靴掻痒《かっかそうよう》の感なのですが、そこにこそ彼らのやりたいことがあったのではないか。

「蠢く者」には「のだ」がたくさん出て来ます。これらの「のだ」は、救いのない悲惨な状況に置かれた「私」が、にもかかわらず文章として書かれた瞬間に「私」のエッセンスから乖離してしまう、そのズレを一生懸命生きようとする身振りになっているように思えるのです。そして、語り手がそうやって「私」になろうとする――にもかかわらずなれない――そんな失敗の跡を読めば読むほど、私たちはそこに「私」がまぎれもなくいるという実感を持ってしまうのです。

⑮ 堀辰雄「風立ちぬ」

～愛し合う二人は蚊帳の中

いかにも恋愛小説だけど……

冒頭部を読んだだけでも、この作品は恋愛小説なんだろうな、と察しがつく人が多いと思います。「私」と「お前」の関係がたっぷり濃厚に描き出されて、いかにも恋愛小説のようにしてはじまっていく。しかし、少し読み進めるとわかるように、いかにも恋愛小説のようにして書かれた「風立ちぬ」は、意外にもそれほど恋愛小説的ではない作品でもあります。

あなたが指しているのは いったい何？？

それらの夏の日々、一面に薄《すすき》の生い茂った草原の中で、お前が立ったまま熱心に絵を描いていると、私はいつもその傍らの一本の白樺の木蔭に身を横たえていたものだった。そうして夕方になって、お前が仕事をすませて私のそばに来ると、それからしばらく私達は肩に手をかけ合ったまま、遥か彼方の、縁だけ茜色《あかねいろ》を帯びた入道雲のむくむくした塊りに覆われている地平線の方を眺めやっていたものだった。ようやく暮れようとしかけているその地平線から、反対に何物かが生れて来つつあるかのように……

そんな日の或る午後、（それはもう秋近い日だった）私達はお前の描きかけの絵を画架に立てかけたまま、その白樺の木蔭に寝そべって果物を齧《か》じっていた。砂のような雲が空をさらさらと流れていた。そのとき不意に、何処からともなく風が立った。私達の頭の上では、木の葉の間からちらっと覗いている藍色《あいいろ》が伸びたり縮んだりした。それと殆んど同時に、草むらの中に何かがばったりと倒れる物音を私達は耳にした。それは私達がそこに置きっぱなしにしてあった絵が、画架と共に、倒れた音らしかった。すぐ立ち上って行こうとするお前を、私は、いまの一瞬の何物をも失うまいとするかのように無理に引き留めて、私のそばから離さないでいた。お前は私のするがままにさせていた。

風立ちぬ、いざ生きめやも。

出た！

「お前」と「私」のエデンの園状態

「それ」「その」の繰り返し

冒頭の数行には、ある特色があります。

それらの夏の日々、一面に薄《すすき》の生い茂った草原の中で、お前が立ったまま熱心に絵を描いていると、私はいつもその傍らの一本の白樺の木蔭に身を横たえていたものだった。そうして夕方になって、お前が仕事をすませて私のそばに来ると、それからしばらく私達は肩に手をかけ合ったまま、遥か彼方の、縁だけ茜色《あかねいろ》を帯びた入道雲のむくむくした塊りに覆われている地平線の方を眺めやっていたものだった。ようやく暮れようとしかけているその地平線から、反対に何物かが生れて来つつあるかのように……

下線を引いた「そ」ではじまる一連の言葉には、共通点があります。「それら」や「それ」にしても、「その」や「そうして」にしても、距離のあるものに指差すようにして言及しています。もちろん、ごく一般的に使われる言葉ばかりですが、それにしても似たような機能を持った語がかなり頻繁に出てきます。

そもそも冒頭でいきなり「それらの」と指示されても、違和感を感じます。この違和感は次のような事情から来ているように思います。「その」を辞書で引くと、「話し手から「それ」と指せる位置にある物・事にかかわる意」（『広辞苑』）という説明がある。「その」にしても「それ」にしても、基点になるのは語り手の場所であって、そこからの離れ具合が含意されているわけです。ということは、その距離感はあくまで語り手の視点から感じられるものであり、読者としては語り手の位置について何らかのヒントをもらっていないと、いくら語り手が「それ」とか「その」とか言ってもピンとこない。そのため、「それ」とか「その」とかが繰り返されるほど、逆に疎外感というのでしょうか、自分が十分に把握しきれない空間的・時間的距離感について、語り手が勝手にいろいろ言っているると感じるのではないかと思います。

定冠詞の使い方

では、そんな違和感を引き起こしてまで、なぜ語り手はこうした語を多用するのでしょう。一つ説明としてありうるのは、西洋語の影響です。英語やフランス語では名詞が必ず不定冠詞か定冠詞とセットになっており、the や le/la といった定冠詞は日本語で「その」と訳すことになっています。もちろんわざわざ訳さなくとも定冠詞のニュアンスを出すことはできますが、機械的にとりあえず「その」としてしまうこともよくある。

日本語には不定冠詞・定冠詞というシステムはありませんから（別の語で表現されることはあるとはいえ）、こうして訳出された定冠詞的な「その」はあまりおさまりがよくありません。いかにも訳されたものという印象を与えます。しかし、さまざまな文学作品が西洋語から訳出され、それがたとえ訳文としてではあっても日本語の中で流通するようになると、もともとあった日本語の感覚にも徐々に変化が生じます。翻訳がもともとある日本語の習慣やスタイルを尊重するのは当然ですが、他方ではそこにおさまりきらないものが新しい潮流を生み出してしまうこともある。

日本では明治以来、西洋文学を勉強して作家になる人がかなりの数にのぼりました。これは〝小説〟という形式が西洋から輸入されたということとも関係するでしょう。そんな中で、西洋小説を翻訳したかのような文体で日本語の小説を書く人も出て来ました。現代の作家で有名な例は大江健三郎でしょう。彼の日本語は、通常の日本語散文の習慣を踏み外して、あえて読みにくい、悪文とされるような言い方をしたりして、これまでにない日本語の読み心地を創出したと言われます。その背後には外国文学の影響があった。

堀辰雄は帝国大学では国文科の出身で、外国語を自由自在に読みこなしていたわけではなさそうですが、フランス文学、とくにプルーストの作品からは翻訳を通して大きな影響を受けていたことが知られています。翻訳というプロセスから生ずる日本語の新しい動きにさらされていたのは間違いありません。

指示の身振り

では、このような「その」や「それ」といった指示的な語の過剰さは、小説にはどんな効果を生み出しているのでしょう。異国情緒以上の何かがあるでしょうか。

私はあると思います。こうした指示語が多いと、私たちは語り手の〝指示の身振り〟を体感することになります。しかし、この作品の〝指示の身振り〟は読者にとってはややわかりにくい。先ほども触れたように、ある程度語り手の位置がわかっていないと、その地点から指示されたものの位置取りも見えてこないからです。

その結果、私たち読者は蚊帳の外に置かれるでしょう。十分に「その場」に参入していないような気分になるのです。すると小説の出来事に臨場感が感じられなくなる。

作品としては失敗ではないか、と言いたくもなる。

しかし、「風立ちぬ」の読み所はまさにそこなのかもしれません。つまり、私たち読者を蚊帳の外に置くことが狙いなのかもしれない。なぜなら、私たちを蚊帳の外に置くことで、逆に蚊帳の中が生まれるからです。

蚊帳の中とは何でしょう。言うまでもなく、それは「私」と節子の関係です。「風立ちぬ」の主人公は節子という女性と知り合い婚約します。彼女はすでに重い病におかされ、闘病生活を余儀なくされていました。二人の間には揺るがしがたい愛が芽生えているようですが、「私」にできるのは彼女を日々看病することだけです。「風立ちぬ」はそんな二人の切ない関係を、断片的に切り取るようにして、時の流れの中に描き出しています。

二人の間柄の描き方はときには日記の体裁を取ることもあり、ある時点からは回想という形になります。つまり、語りの土台そのものがけっこう不安定で、読者としては読んでみるまで言葉がいつのものなのか、どこから来るのかがよくわからないこともある。そうすると、読んだ実感としては、まるで恋人同士の関係の断片を拾い読みしたり、偶然、手に入れたりしながら、その全体を完全には把握しきれないままいろいろ類推しつつ読み取る、という読書を強いられることにもなるわけです。

エデンの園は閉じられている

指示語の多用に伴う違和感も、こうした実感とつながっていると思います。二人の関係はとても濃密で、外からは計り知れないほどの高揚感にさえ満たされているようです。濃厚な愛の渦中にある二人を死が襲うわけですから、それは悲劇と呼んでもいいはずなのですが、作品で描かれるのはネガティブなことばかりではない。むしろ明るくて、晴朗で、希望的な景色の方がよく描かれているようにさえ思えます。冒頭部でも、先の引用に続いて次のような箇所があります。

そんな日の或る午後、（それはもう秋近い日だった）私達はお前の描きかけの絵を画架に立てかけたまま、その白樺の木蔭に寝そべって果物を齧《か》じっていた。砂のような雲が空をさらさらと流れていた。そのとき不意に、何処からともなく風が立った。私達の頭の上では、木の葉の間からちらっと覗いている藍色《あいいろ》が伸びたり縮んだりした。

描きかけの絵、白樺の木陰、齧りかけの果物、砂のような雲……。こうした小道具だけを見ても、いかにも晴朗な雰囲気が伝わってこないでしょうか。そしてここでも「そんな」「その」「それ」といった語が頻用されている。「その」や「それ」といった語は、まるで二人だけのエデンの園のまわりに柵をめぐらすかのような役割を持っています。語り手が「その」とか「それ」と言うことで、語り手を含め、楽園の事物が相互につながっていることが強調され、おかげで、いかにエデンの園が緊密に有機的に構成されているかが示されるのです。あまりにそれらの事物のつながりが緊密なので、外からはそこに踏み入ったりすることはままならない。私たち読者に対してエデンの園は閉じられているのです。

恋愛小説成立の条件

実は、恋愛作品でこのような閉じた空間が描かれるのは稀です。恋愛が物語を生むためには、愛し合う二人だけでは十分ではない。二人の間を裂くような邪魔者がないと、恋愛物語は成立しないのです。というのも、物語はつねに時間的な展開を必要とするから。恋愛が時間化するためには、〝成就〟や〝失敗〟というファクターが必要となるのです。

この章の冒頭で私が「風立ちぬ」はいかにも恋愛小説的ではあるけれど、それほど恋愛小説的でもないと言ったのはそういう意味でした。「風立ちぬ」には愛し合う二人のエデンの園はたしかにあるけれど、そこには二人の関係を邪魔する第三者がいないように思える。だから、この小説は時間的な展開や連続感が弱いのです。私たちがそこに読むのは、あくまで個別の瞬間の断片にすぎない。

続く箇所の描かれ方はとりわけ注目に値します。

それと殆んど同時に、草むらの中に何かがばったりと倒れる物音を私達は耳にした。それは私達がそこに置きっぱなしにしてあった絵が、画架と共に、倒れた音らしかった。すぐ立ち上って行こうとするお前を、私は、いまの一瞬の何物をも失うまいとするかのように無理に引き留めて、私のそばから離さないでいた。お前は私のするがままにさせていた。

風立ちぬ、いざ生きめやも。

ここに描かれているのも一瞬の出来事です。風が不意に吹いて、気づくとすでに何かが起きていた。継起的な出来事が描出されているわけではない。これに続いてタイトルにもなっている「風立ちぬ、いざ生きめやも」という一節があるのも象徴的です。「いざ生きめやも」を反語的にとって「生きられない」と解釈するか、「生きよう」という含意を読むかは微妙なところでしょうが、この短い引用に私と節子の生を封じ込める仕草そのものが、この作品特有の寸断性や凝縮感を表現していると言えるでしょう。

ところで、念のため最後に付け加えると、二人の愛に対して邪魔者がまったくいないわけではありません。死です。死が二人を引き裂くところに、この作品の隠れた山場がある。死があるからこそ、二人の愛も深まった。しかし、死は表だっては描かれていません。気がつくと節子は死んでいる。

そういう意味では「風立ちぬ」も、最後は恋愛小説的な構造に依存した作品になっているとは言えます。しかし、読者としては最後まで蚊帳の外に置かれた気分が抜けないのもたしかです。二人のエデンの園のほんとうの味わいもわからず、あくまで外からのぞき見るだけですし、節子の死も事前に予感し、事後的に報告されるだけで、それを時間的な継起の中で体験することはかなわないのです。物語はそこにはない――この疎隔感こそが、「風立ちぬ」を支えているのではないでしょうか。

⑯ 林芙美子『放浪記』

〜さまざまな声が混入する

「これは小説ではありません」型の小説

本書ではここまで十五編ほどの「名作」と呼ばれる小説作品を取り上げてきましたが、最後に取り上げるのは小説ではありません。林芙美子の『放浪記』は、元々「日記」という体裁で「日本小説」という雑誌に連載されました。もとになったのは雑記帳に書きためた記録とのこと。ただし、発表時には日付などはぼかされていて正確な時系列がわからない上、実際に書かれていることが事実に即しているどうかもはっきりしません。現在、新潮文庫で読めるものは三部構成ですが、三つの部分も時系列に沿ってならんでいるわけではなく、ほぼ同じ時期のことを書いているようです。しかも冒頭部の歌をはじめ、随所に詩が混入してもいます。果たしてこれはいったいどういうジャンルの文章なのか、読めば読むほどわからなくなってきます。

しかし、この作品にはいかにも小説的と言える要素も間違いなくあります。これほど小説的でない作品のどこがいったいどこが小説的なのでしょう。

考えてみれば、本書で見てきた「名作」の多くは実は典型的な近代小説の枠組からは外れていました。たとえば芥川龍之介の「羅生門」は小説とは思えないほどのスペクタクルとともにはじまっています。「リアル」であることを見せつけるよりも、むしろフィクションらしさをひけらかしているように見えた。谷崎潤一郎の「刺青」も過剰な言葉に満ちあふれ、ほとんど妄想的と言っていい光景の広がる作品でした。思わず「え？　これでも小説？」と訊きたくなるほどです。

そもそも小説というジャンルはとても不安定なものです。その周囲には物語とか寓話とか伝説とか、エッセイとか身辺雑記とか日記とか、さらに言えば単なるつぶやきや断章、メモといったカテゴリーがぷかぷかと浮かんでいて、ときに小説のテリトリーを侵食してきます。小説というジャンルのまわりにきれいに境界線を引いて、「ここまでが小説！」と言い放つことはまず無理なのです。川端康成の『雪国』にしても、夏目漱石の『三四郎』にしても、あるいは葛西善蔵の「蠢く者」にしても、みんな純粋小説とは呼べないような不協和音をはらんでいました。

それがまさに小説というものなのでしょう。たしかに一方には「小説的」とされる要素がある。たとえば主人公の成長、心理の変化。登場人物の「行為」よりは「内面」。ストーリーそのものよりも、いかにストーリーを語るか。こうしたポイントはよく指摘される「小説性」の目印です。しかし、他方で芥川や谷崎をはじめとする小説家たちは、小説の周辺にあるさまざまな言葉の運動にも敏感で、それらをうまく取り入れることで小説の言葉を活性化させてきました。

強い？、きびしい？、それとも無口？、

私は北九州の或る小学校で、こんな歌を習った事があった。

歌で始めるとは！。

更けゆく秋の夜　旅の空の
侘《わび》しき思いに　一人なやむ
恋いしや古里　なつかし父母

私は宿命的に放浪者である。私は古里を持たない。父は四国の伊予の人間で、太物《ふともの》の行商人であった。母は、九州の桜島の温泉宿の娘である。母は他国者と一緒になったと云うので、鹿児島を追放されて父と落ちつき場所を求めたところは、山口県の下関と云う処《ところ》であった。私が生れたのはその下関の町である。――故郷に入れられなかった両親を持つ私は、したがって旅が古里であった。それ故、宿命的に旅人《たびびと》である私は、この恋いしや古里の歌を、随分侘しい気持ちで習ったものであった。――八つの時、私の幼い人生にも、暴風が吹きつけてきたのだ。若松で、呉服物の糶売《せりうり》をして、かなりの財産をつくっていた父は、長崎の沖の天草《あまくさ》から逃げて来た浜と云う芸者を家に入れていた。雪の降る旧正月を最後として、私の母は、八つの私を連れて父の家を出てしまったのだ。若松と云うところは、渡し船に乗らなければ行けないところだと覚えている。

今の私の父は養父である。このひとは岡山の人間で、実直過ぎるほどの小心さと、アブ

くわっとやられます！

我慢してます？

無理してます？

歌の混入

『放浪記』の文章にも、そうした周辺領域との接触を見て取ることができます。冒頭部を見てみましょう。

　私は北九州の或る小学校で、こんな歌を習った事があった。

　更けゆく秋の夜　旅の空の
　侘《わび》しき思いに　一人なやむ
　恋いしや古里　なつかし父母

　ご覧の通り、出だしでいきなり歌の一節がひかれています。詩歌からの引用を小説の冒頭や章頭などに「エピグラフ（題辞）」として据えるという方式は、西洋の小説などでもよく見られるものです。その効果はさまざまですが、多くは象徴的なものではないかと思います。つまり、本文とその抜粋された詩歌との間にはやや距離があって、なぜ引用されたかは明確には説明されないことも多い。

ところが『放浪記』では、歌の一節は冒頭にエピグラフとして据えられるのではなく、完全に本文に組み込まれています。しかも、この歌について語ることで本文がはじまっている。おそらく林芙美子本人と重なるであろうと思われる「私」は小学校のときに習った——そして今でも本人が記憶している——歌からの抜粋をしみじみ思いながらこんなことを考えます。この歌では侘しい思いをするときに「古里」を思い出す心境が書かれている。あるいはそういうときこそ、「父母」のことを思い出すのだと言っている。ところが自分はぜんぜん違う。自分には「古里」なるものもないし、親との関係も複雑である。実の父に捨てられた後は、ずっと流浪の身だった。だから、どんなに侘しくても、「父母」のことを思い出すと懐かしい、ほっとするなどという歌を聴くと、二重に侘しい気持ちになる、と。

感情の抑制が生む壮絶さ

この冒頭部分の迫力はかなりのものです。『放浪記』はかつて発売時にはベストセラーとなった作品ですが、この冒頭部に魅せられたからこそ、その先を読みふけったという人も多かったのではないかと推察されます。ほんの数行なのに、この冒頭部を読むだけで「私」の壮絶な人生航路がまざまざと浮かび上がってくる。母につれられての家出、行商、貧乏、旅から旅の生活、孤独……。

この迫力を生み出しているのは、感情を排した淡々とした表現です。間違いなく悲しみと苦しみに満ちた生活が続いたはずなのに、この冒頭部は厳しい冷徹な言葉で語られている。「私は宿命的に放浪者である」。「私は古里を持たない」。説明なしで、いきなりピンポイントで「放浪者」「古里を持たない」といったずばっと断定的な文章が続きます。しかもごく短文。

もちろん、そのあとになぜ「放浪者」なのか、「古里を持たない」のかの説明は続きます。でも、すでにこの段階で読者はパーンとパンチを喰らわされたも同然です。そして父親に捨てられた経緯を説明するくだりも、無駄のない切り詰めた寡黙な言葉遣いで、やはりある種の酷薄さ、厳しさを感じさせます。

本来、感情や感傷がわき出してきてもおかしくないところで、このように切りつめた厳しい言葉遣いがなされると、かえって奥に潜んでいる情念が伝わります。『放浪記』の冒頭はそうした潜行的なエネルギーを感じさせる。

あるいは、この酷薄さや厳しさは彼女のたどった「宿命」そのものが形を持ったものだとも言えるでしょう。彼女が直面することになる貧乏、空腹、決別、別離といった、この作品の中でたっぷり語られる一連の運命をそのまま言葉にすると、こういうほとんど無機質なほどに硬質な面立ちになる。

しかし、ドライな言葉遣いをしているからといって、必ずしも語り手が冷酷で峻厳な人になりきっているわけではありません。本文を読んでいくとわかるのは、林芙美子がむしろ情念や感情にあふれた、つまり冷酷さやドライさとはほとんど対極にあると言ってもいい語りを展開していくということです。この冒頭部にもその種は見て取れます。それが歌の扱いにあらわれているのです。

なぜ「歌」を混入させたのか

すでに確認したように、『放浪記』の冒頭は「更けゆく秋の夜　旅の空の……」という歌の一節の引用からはじまります。語り手はこの歌に「そうね！　そうね！」と同意するのではなく、むしろ違和感を抱いているという。なぜなら自分は「古里」にも「父母」にも懐かしさを覚えることができないから。この「宿命」を淡々とした、謂わば冷えた言葉で語ることこそが冒頭部の印象をつくっています。歌との距離感がとても目立つのです。

しかし、語り手のこの違和感は単なる否定や排除ではありません。むしろそこには強烈な憧れがこめられている。歌に対する違和感を表明すればするほど、歌の持っているホットな情念のようなものが際立ってくるのがこの冒頭部でもあります。

ここでは二つの文章スタイルがぶつかりあっていると言えるでしょう。先ほど確認したドライで淡々とした文章は、しばしば良い日本語散文として推奨されてきたものです。いたずらに修飾語を重ねたりするよりも、むしろ不必要なものをどんどん削って、言葉少なな切り詰めた散文で語ることでこそ伝わることがあるし、それこそが「名文」だと言われてきた。そんなときにお手本としてよくあげられたのが、本書でも扱った「城の崎にて」などに見られる志賀直哉の文章でもありました。

林芙美子は一見、この「ドライで切り詰めた文章こそが名文だ」という考えを実践しているように見えるかもしれません。でも、実際には冒頭に歌を引用し、しかも未練たっぷりにその歌から距離を置こうとすることで、かえってドライな文章が隠し持つ歌への憧れを漏れ出させているとも見えます。『放浪記』の冒頭が力を持つのは、歌を前にして頑張って「散文」で居続けようとする語り手の、その「がんばり」の過剰さに忍耐と無理と羨望とが見て取れるからです。

『放浪記』では詩の引用が頻繁におこなわれます。主に語り手自身の手になる詩で、かなり荒削りなものが多いですが、そのほとんどは抑制をかなぐりすて、皮をやぶるようにして自然体の思いを口にしています。

貧しい娘さん達は
夜になると
果物のように唇を
大空へ投げるのですってさ

青空を色どる桃色桜は
こうしたカレンな女の
仕方のないくちづけなのですよ
そっぽをむいた唇の跡なのですよ。

「貧しい娘さん達」を語る言葉は、冒頭の端正な歌とは違って幾分斜に構え、諦めや絶望感もたたえていますが、こうして歌ってしまう心地そのものには、諦めきっていない、言葉の力を信じようとする一種の「酔い」も感じられます。

こうした詩作品は、あくまで引用として日記の本文からは区別されてはいますが、実際にはその周辺の本文が、まるで詩に感染したかのように、歌の風情を漂わせてもいます。そこには冒頭の「名文」風のドライさの影はほとんどありません。語り手が女学校時代を過ごした尾道を訪れたときの様子は次のように語られます。

> ああ全世界はお父さんとお母さんでいっぱいなのだ。お父さんとお母さんの愛情が、唯一のものであると云う事を、私は生活にかまけて忘れておりました。白い前垂を掛けたまま、竹藪や、小川や洋館の横を通って、だらだらと丘を降りると、蒸汽船のような工場の音がしていた。ああ尾道《おのみち》の海！　私は海近いような錯覚をおこして、子供のように丘をかけ降りて行った。

ここには詩にあらわれた酔ったような語りと、散文部分の観察的な語りとが近づき重なっていく様子が見て取れます。このように『放浪記』では両者の区別がきわめて不明瞭なのです。

またもう一つ注目しておきたいのは、焦点のことです。小説では焦点の操作が頻繁におこなわれます。ちょっとした微細な小道具への注目があるかと思うと、登場人物の内面の動きや性癖が描写されたり、かと思うと大きな時間の流れが俯瞰されたりする。ところが『放浪記』では細かい部分も巨視的な視界も区別なしに、すべての情報が怒濤のように一緒に流れていきます。だから、描き出される情景は混沌とした一体感を持つ。まさにそれが日記らしさなのかもしれません。出来事や思いや風景が、時間的な整理も心理的な序列化もされないまま、永遠の現在のような時間の中で語り手の巨大な「気持ち」とシンクロするのです。

そこにあらためて確認できるのは、歌と散文の境目のあいまい化が感情と理性の区別のあいまい化にもつながるということです。必ずしも感情や情念の側が理性を覆い尽くしてしまうだけではありません。「情」の側の一方的な発露ばかりが起きているわけではない。「情」と「知」とはお互いを浸食し合っているのです。ちょうど詩歌が散文に混入してきたように、散文的なものが詩歌に混入することもある。

富士を見た
富士山を見た
赤い雪でも降らねば
富士をいい山だと誉めるには当らない

あんな山なんかに負けてなるものか
汽車の窓から何度も思った回想
尖《とが》った山の心は
私の破れた生活を脅かし
私の眼を寒々と見下ろす。

こうした「歌」にあらわれているのは、酔おうとする強烈な「情」が中心的な流れを作る一方で、そうした酔いを突き放そうとする散文的で理知的で皮肉な「目」がしっかり歌の中にも紛れこんでもいることです。

『放浪記』を読み進めて感じるのは、混沌とした本流のような文章の中にさまざまな「私」がいっぺんに投げ込まれているということです。男たちとのかかわり、友達への思い、親との関係、悲惨さや苦難に引き起こされた情、絶え間ない「飢え」、すべてを距離を持って見つめる達観した目……これらのすべてが区別されずにうごめいている。「誰が何をした」といった基本的な情報さえもときにははっきりしなくなっていくけれど、それらすべてを受け止める大きな器の存在を感じるのです。それがこの作品の力だと私は思います。

　こうしてみると、小説とは本来的にそうした器のようなものなのかもしれません。小説にはさまざまな声が混入する。語りのレベルは複層的。小説とは、明瞭な意図や趣旨のある「演説」や「メッセージ」にはなりえないものなのです。いつも不協和音を抱え、あちこちから雑音が聞こえてくる。林芙美子は日記という体裁の中で歌と散文とを拮抗させることで、言葉の雑居する世界としての「小説」にきわめて近いものを表現したと言えると思います。

あとがき

おもしろい小説を読んだけど、どうやってそのおもしろさを伝えていいかわからない――そんな経験はありませんか？　「おもしろいよ」「読みやすいよ」までは言えるけれど、「どこが？」と言われると困ってしまう。

これは小説には限りません。おいしいものを食べたけど、「おいしいよ」以上のことが言えない。「どこが？」「どんなふうに？」と訊かれると言葉につまってしまう。

私たちは日常生活の中で「おもしろい」「おいしい」「楽しい」、あるいは逆に「つまらない」「まずい」といった経験をたくさんしています。でも、いざそれを言葉にして誰かに説明しようとすると難しい。

どうしてでしょう。「おもしろさ」や「楽しさ」を伝えるのは、人間にとってとても大事なことだと思えるのに、どうしてうまくいかないのか。

おそらく、うまく伝えられないデリケートで微妙なものだからこそ、貴重なものとして感じられるからではないでしょうか。どう処理していいかわからないからこそ、より深く私たちも感動する。たとえば「甘い」とか「明るい」とか「びっくりした」といったわかりやすい要素だけでは、私たちの心は動かない。いくつもの相反するような要素がブレンドされることで、はじめて「ほぉ」と感心する。

私はふだん、しかめっ面をして大学で「文学研究」なるものに打ち込んでいますが、元々そのきっかけとなったのは、おもしろいもの、不思議なもの、曰く言い難いものと出会ってうまく説明できず、「これを何とか言葉にしたい……」と悩んだ経験にあります。もちろん、これは意味のある充実した「悩み」でした。

その延長の上に本書もあります。「どこがおもしろい？」と訊かれたら、文字通りその「どこ」に印をつけて示せばいいのではないか。そうすることで、堅苦しく面倒くさそうな「名作」なるものの不思議さや変さを明るみにし、少しずつ「おもしろさ」や「楽しさ」の正体に迫れるのではないか。そんなふうに私は考えてきました。

この「らくがき式」を使えば、書評や書店での本の見せ方も変えられるとも思っています。学校の授業で小説やエッセイや評論を読むとき、あるいは数学や理科の教科書を読むときにも応用できるでしょう。新聞記事やブログにだって、「らくがき」してもいいかもしれません。

本書では「小説とは何か？」「物語と小説の違いは？」「語るとはどういうことか？」といった問いも補助線として使いました。小説を楽しむだけならそんな理屈は関係なさそうですが、読書の際に生ずるあいまいな感覚をつきとめて言葉にするにはこうした枠組は助けになります。そのあたり、もっと考えてみたいという人がいれば、本書でも紹介した何人かの「いじりの名手」の著作を手に取ってみるのもいいでしょう。

この本の企画の際、潜在的に影響を受けたのは傳田光洋『皮膚感覚と人間のこころ』(新潮選書)、仲谷正史『触楽入門』(朝日出版社)という二つの本です。私はこのお二人の著書を通して、あらためて「触る」ということの持つ深い意味を知り、「名作」にも触ってしまおう！　と思うに至りました。

ツイッターに流した本書のアイディアに迅速に反応してくれたのは立東舎の切刀匠さん。一見、さわやかな切刀さんですが、見かけによらずしぶとく、しつこく、私がさわやかに原稿の期限をごまかそうとしても執拗に催促を続けてくださいました。気がついたら本ができていた次第。すごい手腕です。ありがとうございました。

付録
「らくがき式」練習シート

【使い方】

本文中に使用した「らくがき」用シートです。本書を参考に、自由に思ったことを書き込んでみてください。

うとうととして目がさめると女はいつのまにか、隣のじいさんと話を始めている。このじいさんはたしかに前の前の駅から乗ったいなか者である。発車まぎわに頓狂《とんきょう》な声を出して駆け込んで来て、いきなり肌《はだ》をぬいだと思ったら背中にお灸のあとがいっぱいあったので、三四郎《さんしろう》の記憶に残っている。じいさんが汗をふいて、肌を入れて、女の隣に腰をかけたまでよく注意して見ていたくらいである。

女とは京都からの相乗りである。乗った時から三四郎の目についた。第一色が黒い。三四郎は九州から山陽線に移って、だんだん京大阪へ近づいて来るうちに、女の色が次第に白くなるのでいつのまにか故郷を遠のくような哀れを感じていた。それでこの女が車室にはいって来た時は、なんとなく異性の味方を得た心持ちがした。この女の色はじっさい九州色《きゅうしゅういろ》であった。

三輪田《みわた》のお光《みつ》さんと同じ色である。国を立つまぎわまでは、お光さんは、うるさい女であった。そばを離れるのが大いにありがたかった。けれども、こうしてみると、お光さんのようなのもけっして悪くはない。

ただ顔だちからいうと、この女のほうがよほど上等である。口に締まりがある。目がはっきりしている。額がお光さんのようにだだっ広くない。なんとなくいい心持ちにできあがっている。それで三四郎は五分に一度ぐらいは目を上げて女の方を見ていた。時々は女と自分の目がゆきあたることもあった。じいさんが女の隣へ腰をかけた時などは、もっとも注医者は探《さぐ》りを入れた後《あと》で、手術台の上から津田《つだ》を下《おろ》した。

「やっぱり穴が腸まで続いているんでした。この前探《まえさぐ》った時は、途中に瘢痕《はんこん》の隆起《りゅうき》があったので、ついそこが行《い》きどまりだとばかり思って、ああ云ったんですが、今日《きょう》疎通を好くするために、そいつをがりがり掻《か》き落して見ると、まだ奥があるんです」

「そうしてそれが腸まで続いているんですか」

「そうです。五分ぐらいだと思っていたのが約一寸ほどあるんです」

津田の顔には苦笑の裡《うち》に淡く盛り上げられた失望の色が見えた。医者は白いだぶだぶした上着の前に両手を組み合わせたまま、ちょっと首を傾けた。その様子が「御気の毒ですが事実だから仕方がありません。医者は自分の職業に対して虚言《うそ》を吐《つ》く訳に行かないんですから」という意味に受取れた。

津田は無言のまま帯を締め直して、椅子《いす》の背に投げ掛けられた袴《はかま》を取り上げながらまた医者の方を向いた。

「腸まで続いているとすると、癒《なお》りっこないんですか」

「そんな事はありません」

医者は活溌《かっぱつ》にまた無雑作《むぞうさ》に津田の言葉を否定した。併《あわ》せて彼の気分をも否定するごとくに。

「ただ今《いま》までのように穴の掃除ばかりしていては駄目なんです。それじゃいつまで経《た》って山の手線の電車に跳飛《はねと》ばされて怪我《けが》をした、その後養生《あとようじょう》に、一人で但馬《たじま》の城崎《きのさき》温泉へ出掛けた。背中の傷が脊椎《せきつい》カリエスになれば致命傷になりかねないが、そんな事はあるまいと医者に云われた。二三年で出なければ後は心配はいらない、とにかく要心は肝心だからといわれて、それで来た。三週間以上——我慢出来たら五週間位居たいものだと考えて来た。

頭は未《ま》だ何だか明瞭《はっきり》しない。物忘れが烈《はげ》しくなった。然《しか》し気分は近年になく静まって、落ちついたいい気持がしていた。稲の穫《と》り入《い》れの始まる頃で、気候もよかったのだ。

一人きりで誰も話相手はない。読むか書くか、ぼんやりと部屋の前の椅子《いす》に腰かけて山だの往来だのを見ているか、それでなければ散歩で暮していた。散歩する所は町から小さい流れについて少しずつ登りになった路《みち》にいい所があった。山の裾《すそ》を廻っているあたりの小さな潭《ふち》になった所に山女《やまめ》が沢山集っている。そして尚《なお》よく見ると、足に毛の生えた大きな川蟹《かわがに》が石のように凝然《じっ》としているのを見つける事がある。夕方の食事前にはよくこの路を歩いて来た。冷々《ひえびえ》とした夕方、淋しい秋の山峡《さんきょう》を小さい清い流れについて行く時考える事はやはり沈んだ事が多かった。淋しい考だった。然しそれには静かないい気持がある。自分はよく怪我の事を考えた。一つ間違えば、今頃は青山《あおやま》の土の下に仰向《あおむ》けになって寝ているところだったなど思う。青い冷たい堅い顔をして、顔の傷も背中の傷もそのままで。祖父や母の死骸《しがい》が傍《わき》にある。それもお互いに何の交渉もなく、——こんな事が想《おも》い浮ぶ。それは淋しいが、それ程に自分を恐怖させない考だった。何時《いつ》かはそうなる。それが仙吉《せんきち》は神田のある秤屋《はかりや》の店に奉公している。

それは秋らしい柔かな澄んだ陽ざしが、紺の大分はげ落ちた暖簾《のれん》の下から静かに店先に差し込んでいる時だった。店には一人の客もない。帳場格子《ごうし》の中に坐って退屈そうに巻煙草《たばこ》をふかしていた番頭が、火箸の傍《そば》で新聞を読んでいる若い番頭にこんな風に話しかけた。

「おい、幸《こう》さん。そろそろお前の好きな鮪《まぐろ》の脂身《あぶらみ》が食べられる頃だネ」

「ええ」

「今夜あたりどうだね。お店を仕舞ってから出かけるかネ」

「結構ですな」

「外濠《そとぼり》に載っていけば十五分だ」

「そうです」

「あの家のを食っちゃア、この辺のは食えないからネ」

「全くですよ」

若い番頭からは少し退《さが》った然《しか》るべき位置に、前掛けの下に両手を入れて、行儀よく坐っていた小僧の仙吉は、「ああ鮨屋《すしや》の話だな」と思って聴いていた。京橋にSと云う同業の店がある。その店へ時々使《つかい》に遣《や》られるので、その鮨屋の位置だけはよく知っていた。仙吉は早く自分も番頭になって、そんな通《つう》らしい口をききながら、勝手にそう云う家の暖簾を私は、その男の写真を三葉、見たことがある。

一葉は、その男の、幼年時代、とでも言うべきであろうか、十歳前後かと推定される頃の写真であって、その子供が大勢の女のひとに取りかこまれ、（それは、その子供の姉たち、妹たち、それから、従姉妹《いとこ》たちかと想像される）庭園の池のほとりに、荒い縞の袴《はかま》をはいて立ち、首を三十度ほど左に傾け、醜く笑っている写真である。醜く？　けれども、鈍い人たち（つまり、美醜などに関心を持たぬ人たち）は、面白くも何とも無いような顔をして、

「可愛い坊ちゃんですね」

といい加減なお世辞を言っても、まんざら空《から》お世辞に聞えないくらいの、謂《い》わば通俗の「可愛らしさ」みたいな影もその子供の笑顔に無いわけではないのだが、しかし、いささかでも、美醜に就いての訓練を経て来たひとなら、ひとめ見てすぐ、

「なんて、いやな子供だ」

と頗《すこぶ》る不快そうに呟《つぶや》き、毛虫でも払いのける時のような手つきで、その写真をほうり投げるかも知れない。

まったく、その子供の笑顔は、よく見れば見るほど、何とも知れず、イヤな薄気味悪いものが感ぜられて来る。どだい、それは、笑顔でない。この子は、少しも笑ってはいないのだ。その証拠には、この子は、両方のこぶしを固く握って立っている。人間は、こぶしを固く握りながら笑えるものでは無いのである。猿だ。猿の笑顔だ。ただ、顔に醜い皺《しわ》を

朝、食堂でスウプを一さじ、すっと吸ってお母さまが、

「あ」

と幽《かす》かな叫び声をお挙げになった。

「髪の毛？」

スウプに何か、イヤなものでも入っていたのかしら、と思った。

「いいえ」

お母さまは、何事も無かったように、またひらりと一さじ、スウプをお口に流し込み、すましてお顔を横に向け、お勝手の窓の、満開の山桜に視線を送り、そうしてお顔を横に向けたまま、またひらりと一さじ、スウプを小さなお唇のあいだに滑り込ませた。ヒラリ、という形容は、お母さまの場合、決して誇張では無い。婦人雑誌などに出ているお食事のいただき方などとは、てんでまるで、違っていらっしゃる。弟の直治《なおじ》がいつか、お酒を飲みながら、姉の私に向ってこう言った事がある。

「爵位《しゃくい》があるから、貴族だというわけにはいかないんだぜ。爵位が無くても、天爵というものを持っている立派な貴族のひともあるし、おれたちのように爵位だけは持っていても、貴族どころか、賤民《せんみん》にちかいのもいる。岩島なんてのは（と直治の学友の伯爵のお名前を挙げて）あんなのは、まったく、新宿の遊廓《ゆうかく》の客引き番頭よりも、もっとげびてる感じじゃねえか。こないだも、柳井《やない》（と、やはり弟の学友で、子爵の御次男のかたのお名前を挙げ

「こいさん、頼むわ。――」

鏡の中で、廊下からうしろへ這入《はい》って来た妙子《たえこ》を見ると、自分で襟《えり》を塗りかけていた刷毛《はけ》を渡して、其方《そちら》は見ずに、眼の前に映っている長襦袢《ながじゅばん》姿の、抜き衣紋《えもん》の顔を他人の顔のように見据《みす》えながら、

「雪子ちゃん下で何してる」

と、幸子《さちこ》はきいた。

「悦ちゃんのピアノ見たげてるらしい」

――なるほど、階下で練習曲の音がしているのは、雪子が先に身支度をしてしまったところで悦子に掴《つか》まって、稽古《けいこ》を見てやっているのであろう。悦子は母が外出する時でも雪子さえ家にいてくれれば大人しく留守番をする児であるのに、今日は母と雪子と妙子と、三人が揃《そろ》って出かけると云うので少し機嫌《きげん》が悪いのであるが、二時に始まる演奏会が済みさえしたら雪子だけ一と足先に、夕飯までには帰って来て上げると云うことでどうやら納得はしているのであった。

「なあ、こいさん、雪子ちゃんの話、又一つあるねんで」

「そう、――」

姉の襟頸《えりくび》から両肩へかけて、妙子は鮮《あざ》やかな刷毛目《はけめ》をつけてお白粉《しろい》を引いていた。決して猫《ねこ》背《ぜ》ではないのであるが、肉づきがよいので堆《うずたか》く盛り上っている幸子の肩から背の、濡《ぬ》れた

其れはまだ人々が「愚《おろか》」と云う貴い徳を持って居て、世の中が今のように激しく軋《きし》み合わない時分であった。殿様や若旦那の長閑《のどか》な顔が曇らぬように、御殿女中や華魁《おいらん》の笑いの種が尽きぬようにと、饒舌《じょうぜつ》を売るお茶坊主だの幇間だのと云う職業が、立派に存在して行けた程、世間がのんびりして居た時分であった。女定九郎、女自雷也、女鳴神、――当時の芝居でも草双紙でも、すべて美しい者は強者であり、醜い者は弱者であった。誰も彼も挙《こぞ》って美しからんと努めた揚句は、天稟《てんぴん》の体へ絵の具を注ぎ込む迄になった。芳烈な、或は絢爛な、線と色とが其の頃の人々の肌に躍った。

馬道を通うお客は、見事な刺青《ほりもの》のある駕籠舁《かごかき》を選んで乗った。吉原、辰巳の女も美しい刺青の男に惚れた。博徒、鳶の者はもとより、町人から稀には侍なども入墨《いれずみ》をした。時々両国で催される刺青会では参会者おの〱肌を叩いて、互に奇抜な意匠を誇り合い、評しあった。

清吉と云う若い刺青師《ほりものし》の腕きゝがあった。浅草のちゃり文、松島町の奴平《やっへい》、こんこん次郎などにも劣らぬ名手であると持て囃されて、何十人の人の肌は、彼の絵筆の下に絖地《ぬめじ》となって拡げられた。刺青会で好評を博す刺青の多くは彼の手になったものであった。達磨金《だるまきん》はぼかし刺《ぼり》が得意と云われ、唐草権太は朱刺《しゅぼり》の名手と讃えられ、清吉は又奇警な構図と妖艶な線とで名を知られた。

もと豊国国貞の風を慕って、浮世絵師の渡世《とせい》をして居たゞけに、刺青師に堕落してからの国境の長いトンネルを抜けると雪国であった。夜の底が白くなった。信号所に汽車が止まった。

向側の座席から娘が立って来て、島村の前のガラス窓を落した。雪の冷気が流れこんだ。娘は窓いっぱいに乗り出して、遠くへ叫ぶように、

「駅長さあん、駅長さあん。」

明りをさげてゆっくり雪を踏んで来た男は、襟巻《えりまき》で鼻の上まで包み、耳に帽子の毛皮を垂れていた。

もうそんな寒さかと島村は外を眺《なが》めると、鉄道の官舎らしいバラックが山裾《やますそ》に寒々と散らばっているだけで、雪の色はそこまで行かぬうちに闇《やみ》に呑《の》まれていた。

「駅長さん、私です、御機嫌《ごきげん》よろしゅうございます。」

「ああ、葉子《ようこ》さんじゃないか。お帰りかい。また寒くなったよ。」

「弟が今度こちらに勤めさせていただいておりますのですってね。お世話さまですわ。」

「こんなところ、今に寂しくて参るだろうよ。若いのに可哀想《かわいそう》だな。」

「ほんの子供ですから、駅長さんからよく教えてやっていただいて、よろしくお願いいたしますわ。」

「よろしい。元気で働いてるよ。これからいそがしくなる。去年は大雪だったよ。よく雪崩《なだ》れてね、汽車が立ち往生するんで、村も焚出《たきだ》しがいそがしかったよ。」

えたいの知れない不吉な塊が私の心を始終圧《おさ》えつけていた。焦躁《しょうそう》と言おうか、嫌悪と言おうか――酒を飲んだあとに宿酔《ふつかよい》があるように、酒を毎日飲んでいると宿酔に相当した時期がやって来る。それが来たのだ。これはちょっといけなかった。結果した肺尖《はいせん》カタルや神経衰弱がいけないのではない。また背を焼くような借金などがいけないのではない。いけないのはその不吉な塊だ。以前私を喜ばせたどんな美しい音楽も、どんな美しい詩の一節も辛抱がならなくなった。蓄音器を聴かせてもらいにわざわざ出かけて行っても、最初の二三小節で不意に立ち上がってしまいたくなる。何かが私を居堪《いたたま》らずさせるのだ。それで始終私は街から街を浮浪し続けていた。

何故《なぜ》だかその頃私は見すぼらしくて美しいものに強くひきつけられたのを覚えている。風景にしても壊れかかった街だとか、その街にしてもよそよそしい表通りよりもどこか親しみのある、汚い洗濯物が干してあったりがらくたが転がしてあったりむさくるしい部屋が覗《のぞ》いていたりする裏通りが好きであった。雨や風が蝕《むしば》んでやがて土に帰ってしまう、と言ったような趣きのある街で、土塀《どべい》が崩れていたり家並が傾きかかっていたり――勢いのいいのは植物だけで、時とするとびっくりさせるような向日葵《ひまわり》があったりカンナが咲いていたりする。

時どき私はそんな路を歩きながら、ふと、そこが京都ではなくて京都から何百里も離れた仙台とか長崎とか――そのような市へ今自分が来ているのだ――という錯覚を起こそうそのころ、東京中の町という町、家という家では、ふたり以上の人が顔をあわせさえすれば、まるでお天気のあいさつでもするように、怪人「二十面相」のうわさをしていました。「二十面相」というのは、毎日毎日、新聞記事をにぎわしている、ふしぎな盗賊《とうぞく》のあだ名です。その賊は二十のまったくちがった顔を持っているといわれていました。つまり、変装《へんそう》がとびきりじょうずなのです。

どんなに明るい場所で、どんなに近よってながめても、少しも変装とはわからない、まるでちがった人に見えるのだそうです。老人にも若者にも、富豪《ふごう》にも乞食《こじき》にも、学者にも無頼漢《ぶらいかん》にも、いや、女にさえも、まったくその人になりきってしまうことができるといいます。

では、その賊のほんとうの年はいくつで、どんな顔をしているのかというと、それは、だれひとり見たことがありません。二十種もの顔を持っているけれど、そのうちの、どれがほんとうの顔なのだか、だれも知らない。いや、賊自身でも、ほんとうの顔をわすれてしまっているのかもしれません。それほど、たえずちがった顔、ちがった姿で、人の前にあらわれるのです。

そういう変装の天才みたいな賊だものですから、警察でもこまってしまいました。いったい、どの顔を目あてに捜索したらいいのか、まるで見当がつかないからです。

ただ、せめてものしあわせは、この盗賊は、宝石だとか、美術品だとか、美しくてめず古い話である。僕は偶然それが明治十三年の出来事だと云うことを記憶している。どうして年をはっきり覚えているかと云うと、その頃僕は東京大学の鉄門の真向いにあった、上条《かみじょう》と云う下宿屋に、この話の主人公と壁一つ隔てた隣同士になって住んでいたからである。その上条が明治十四年に自火で焼けた時、僕も焼け出された一人《いちにん》であった。その火事のあった前年の出来事だと云うことを、僕は覚えているからである。

上条に下宿しているものは大抵医科大学の学生ばかりで、その外《ほか》は大学の附属病院に通う患者なんぞであった。大抵どの下宿屋にも特別に幅を利かせている客があるもので、そう云う客は第一金廻りが好く、小気《こぎ》が利いていて、お上《かみ》さんが箱火鉢を控えて据わっている前の廊下を通るときは、きっと声を掛ける。時々はその箱火鉢の向側《むこうがわ》にしゃがんで、世間話の一つもする。部屋で酒盛をして、わざわざ肴《さかな》を拵《こしら》えさせたり何かして、お上さんに面倒を見させ、我儘《わがまま》をするようでいて、実は帳場に得の附くようにする。先《ま》ずざっとこう云う性《たち》の男が尊敬を受け、それに乗じて威福を擅《ほしいまま》にすると云うのが常である。然《しか》るに上条で幅を利かせている、僕の壁隣の男は頗《すこぶ》る趣を殊にしていた。

この男は岡田と云う学生で、僕より一学年若いのだから、とにかくもう卒業に手が届いていた。岡田がどんな男だと云うことを説明するには、その手近な、際立った性質から語り始めなくてはならない。それは美男だと云うことである。色の蒼《あお》い、ひょろひょろした美男ではない。血色が好くて、体格ががっしりしていた。僕はあんな顔の男を見たことがある日の暮方の事である。一人の下人《げにん》が、羅生門《らしょうもん》の下で雨やみを待っていた。

広い門の下には、この男のほかに誰もいない。ただ、所々丹塗《にぬり》の剥《は》げた、大きな円柱《まるばしら》に、蟋蟀《きりぎりす》が一匹とまっている。羅生門が、朱雀大路《すざくおおじ》にある以上は、この男のほかにも、雨やみをする市女笠《いちめがさ》や揉烏帽子《もみえぼし》が、もう二三人はありそうなものである。それが、この男のほかには誰もいない。

何故かと云うと、この二三年、京都には、地震とか辻風《つじかぜ》とか火事とか饑饉とか云う災《わざわい》がつづいて起った。そこで洛中《らくちゅう》のさびれ方は一通りではない。旧記によると、仏像や仏具を打砕いて、その丹《に》がついたり、金銀の箔《はく》がついたりした木を、路ばたにつみ重ねて、薪《たきぎ》の料《しろ》に売っていたと云う事である。洛中がその始末であるから、羅生門の修理などは、元より誰も捨てて顧る者がなかった。するとその荒れ果てたのをよい事にして、狐狸《こり》が棲《す》む。盗人《ぬすびと》が棲む。とうとうしまいには、引取り手のない死人を、この門へ持って来て、棄てて行くと云う習慣さえ出来た。そこで、日の目が見えなくなると、誰でも気味を悪るがって、この門の近所へは足ぶみをしない事になってしまったのである。

その代りまた鴉がどこからか、たくさん集って来た。昼間見ると、その鴉が何羽となく輪を描いて、高い鴟尾《しび》のまわりを啼きながら、飛びまわっている。ことに門の上の空が、夕焼けであかくなる時には、それが胡麻《ごま》をまいたようにはっきり見えた。鴉は、勿論、門の上にある死人の肉を、啄《ついば》みに来るのである。——もっとも今日は、刻限《こくげん》が遅いせいか、父は一昨年の夏、六十五で、持病の脚氣で、死んだ。前の年義母に死なれて孤獨の身となり、急に家財を片附けて、年暮れに迫つて前觸れもなく出て來て、牛込の弟夫婦の家に居ることになつたのだ。その時分から父はかなり歩くのが難儀な樣子だつた。杖無しには一二町の道も骨が折れる風であつたが、自分等の眼には、一つは老衰も手傳つてゐるのだらうとも、思はれた。自分も時々鎌倉から出て來て、二三度も一緒に風呂に行つたことがあるが、父はいつもそれを非常に億劫がつた。「脚に力が無いので、身體が浮くやうで氣持がわるい」と、父は子供のやうに浴槽の縁に掴まりながら、頼りなげな表情をした。流し場を歩くのを危ぶながつて、私に腕を支へられながら、引きずられるやうにして、やうやくその萎びた細脛を運ぶことが出來た。

「こんなに瘠せてゐるやうで、これでやつぱし浮腫《むく》んでゐるんだよ」と、父は流し場で向脛を指で押して見せたりした。

「やつぱしすこし續けて藥を飲んで見るんですね」

「いや、わしの脚氣は持病だから、藥は效《き》かない。それよりも、これから毎日すこしづつそこらを歩いて見ることにしよう。さうして自然に脚を達者にするんだな。そして通じさへついて居れば……」と、父はいつも服藥を退けた。

父、弟夫婦、弟たちのところから小學校に通はせてある私の十四になる倅、父が來て二三日して産れた弟の長男――これだけの家族であつた。牛込の奥の低い谷のやうになつそれらの夏の日々、一面に薄《すすき》の生い茂った草原の中で、お前が立ったまま熱心に絵を描いていると、私はいつもその傍らの一本の白樺の木蔭に身を横たえていたものだった。そうして夕方になって、お前が仕事をすませて私のそばに来ると、それからしばらく私達は肩に手をかけ合ったまま、遥か彼方の、縁だけ茜色《あかねいろ》を帯びた入道雲のむくむくした塊りに覆われている地平線の方を眺めやっていたものだった。ようやく暮れようとしかけているその地平線から、反対に何物かが生れて来つつあるかのように……

そんな日の或る午後、(それはもう秋近い日だった)私達はお前の描きかけの絵を画架に立てかけたまま、その白樺の木蔭に寝そべって果物を齧《か》じっていた。砂のような雲が空をさらさらと流れていた。そのとき不意に、何処からともなく風が立った。私達の頭の上では、木の葉の間からちらっと覗いている藍色《あいいろ》が伸びたり縮んだりした。それと殆んど同時に、草むらの中に何かがばったりと倒れる物音を私達は耳にした。それは私達がそこに置きっぱなしにしてあった絵が、画架と共に、倒れた音らしかった。すぐ立ち上って行こうとするお前を、私は、いまの一瞬の何物をも失うまいとするかのように無理に引き留めて、私のそばから離さないでいた。お前は私のするがままにさせていた。

風立ちぬ、いざ生きめやも。

私は北九州の或る小学校で、こんな歌を習った事があった。

　更けゆく秋の夜　旅の空の
　侘《わび》しき思いに　一人なやむ
　恋いしや古里　なつかし父母

　私は宿命的に放浪者である。私は古里を持たない。父は四国の伊予の人間で、太物《ふともの》の行商人であった。母は、九州の桜島の温泉宿の娘である。母は他国者と一緒になったと云うので、鹿児島を追放されて父と落ちつき場所を求めたところは、山口県の下関と云う処《ところ》であった。私が生れたのはその下関の町である。——故郷に入れられなかった両親を持つ私は、したがって旅が古里であった。それ故、宿命的に旅人《たびびと》である私は、この恋いしや古里の歌を、随分侘しい気持ちで習ったものであった。——八つの時、私の幼い人生にも、暴風が吹きつけてきたのだ。若松で、呉服物の糶売《せりうり》をして、かなりの財産をつくっていた父は、長崎の沖の天草《あまくさ》から逃げて来た浜と云う芸者を家に入れていた。雪の降る旧正月を最後として、私の母は、八つの私を連れて父の家を出てしまったのだ。若松と云うところは、渡し船に乗らなければ行けないところだと覚えている。

　今の私の父は養父である。このひとは岡山の人間で、実直過ぎるほどの小心さと、アブ

名作をいじる
「らくがき式」で読む最初の1ページ

2017年9月15日　第1版1刷発行
2023年7月15日　第1版2刷発行

著者　　**阿部　公彦**

発行人　松本 大輔
編集人　野口 広之
編集長　山口 一光
デザイン　下山 隆（RedRooster）・福永 真未
担当編集　切刀 匠

発行：立東舎
発売：株式会社リットーミュージック
〒101-0051 東京都千代田区神田神保町一丁目105番地

印刷・製本：株式会社ウイル・コーポレーション

【本書の内容に関するお問い合わせ先】
info@rittor-music.co.jp

本書の内容に関するご質問は、Eメールのみでお受けしております。お送りいただくメールの件名に「名作をいじる」と記載してお送りください。ご質問の内容によりましては、しばらく時間をいただくことがございます。なお、電話やFAX、郵便でのご質問、本書記載内容の範囲を超えるご質問につきましてはお答えできませんので、あらかじめご了承ください。

【乱丁・落丁などのお問い合わせ】
service@rittor-music.co.jp

Printed in Japan　ISBN978-4-8456-3077-6
定価1,980円（1,800円＋税10%）